いつかあなたも

私のボランティア・介護手記

東海林八重子　Yaeko Shoji

筆者（左）と友人の思い出の一枚（平成10年秋）

目次

はじめに

こんにちは、東海林八重子と申します。私は愛知県豊山町で「しょうじ美容室」を営んでいる美容師です。二〇二〇年に古希を迎えました。鹿児島からやって来て、二二歳で結婚と同時に美容室を開業しました。何事にも未熟な私は、たくさんのお客様から助けられ、育てていただきました。

一人一人の方に恩返しをすることはできませんが、何かのかたちで社会貢献がしたい、いつの頃からかそう思うようになりました。そこで始めたのが、無償で髪を切るボランティアカットです。

最初は一九九六（平成八）年頃、近所に障害のある方が集う共同作業所があり、そこの利用者の方に来店していただき、カットをおこないました。髪を切り終えた後、「ありがとう」と言ってもらえた喜びは、今でも忘れられません。

ある日、大きな転機がおとずれました。

一九九八（平成一〇）年八月、私は心筋梗塞になり、ＩＣＵ（集中治療室）に七日間入ることになったのです。手術したばかりの人が私の隣のベッドに運ばれてきます。患者さんはつらそうにうめき声を出しています。

「痛いのですか？」と聞くと、しばらくして、

「…そういえば、痛くないですね」

「たぶん痛み止めがきいていますよね」と言うと、ふたりで大笑い。

看護師さんから、「この部屋で笑い声が聞こえたのは初めてです」と言われました。

約二日で入れ替わる患者の方々に、恐怖と不安からのうめき声かなと思いながら、「痛いのですか？」と同じ質問をすると、みな同じ反応でした。そのとき私は、「寝ていても人を励ますことができるんだ」と新たな発見をしたのです。

退院後、うれしいことに二名の患者さんが家族と共に自宅までお礼を言いに来てくださいました。

ＩＣＵにいて思ったことは、今日死んでもいいと言える良い人生だったな、ということです。しかし、一方でこうも思いました。「まだ私が生きていて役に立つことがあるのなら、自分のできる範囲で何かの役に立つことをやらせていただきます」。自分の心の中の神様に、そう誓いました。

一九九九（平成一一）年頃に、特別養護老人ホーム「あいせの里」が開設され、利用者の方がヘアーカットで困っていることを知り、そこでボランティアカットを始めました。その後は、理容・美容組合の方々もボランティアに参加してくださるようになり、現在に至ります。

二〇〇四（平成一六）年には、私の母が「あいせの里」に入所したことで、自分自身の介護の負担がなくなり、施設の花壇のお手伝いができるようになりました。

このことを始めたきっかけは、「今年度からの施設長です」と紹介された石田徳義さんとの出会いでした（現在は西春日井郡福祉会局長）。そのときの姿は、麦わら帽子に長靴、首にタオル、手にはスコップをもっていました。花壇が荒れているので、率先して手入れをされていたのです。それでも立場上すぐに事務所から用事で呼ばれてしまい、なかなか進まない状況でした。私は思わず、お手伝いしましょうかと声をかけたのです。

石田さんからはたくさんのことを学びました。中でも、「上が動けば部下はついてくる」という言葉は、私の仕事にも通じる大切なことでした。

この頃から、施設のカットがお一人千円をいただけるようになり、そのお金で花や花植え、肥料を購入したり、夏祭りのおばけ屋敷の衣装や用具代にしたりすることもできるようになりました。


わたしの住む豊山町は、イチロー選手の出身地です。イチロー選手の母・鈴木淑江さんに、「イチロー選手が食べていたカレーを施設で作りませんか」とボランティアを提案したことがあります。すると、父・鈴木宣之さんも、「世間のみなさまにお世話になっているのだから良いことだよ」と後押しをしてくださいました。そこで、淑江さんと五回ほど、三か所の施設でカレーや餃子を入所者の方々と一緒に作った楽しい日々もありました。


二〇〇九（平成二一）年には、訪問理容・美容サービス「KOKORO（心）」を立ち上げました。今ではこのメンバーで施設のカットをしています。

ボランティアをさせていただく背景には、私の美容室を利用してくださるお客様の存在があることをいつも意識しております。お店が成り立たなかったら、活動ができないからです。支えてくださるお客様があってこそ、といつも感謝しています。

「ご苦労様」と送り出してくれる夫にも感謝です。

ボランティア

人のために、しているようで、
実は自分のために、
日常とちがうことをすることで、
自分の心が豊かになり、
少しでも役に立ったら、うれしい。
生かされている価値が、
少しでも味わえるから。
ほらね、自分のためよね！

今では縁あって、「心手紙」によるボランティアもおこなうようになりました。この本には、その心手紙をたくさん載せています。これらは、介護施設に入所する方々の思いを私が代筆したものです。

きっかけは、母の日でした。二〇一四（平成二六）年に、私の美容室内で、母の日に寄せてお客様のお母さまに対する思い出などをお聞きしてハガキにまとめ、店内に展示しました。それを見た「あいせの里」の池田泰之さんが、施設の入所者の方のも書いてほしいとおっしゃってくださったのです。

みなさんの思いを受け止めて書いた心手紙は、今では一五〇枚以上になりました。今年から二か所目の介護施設「五条の里」でも心手紙の作成を始めています。中谷茂施設長さんからは、「この心手紙を介護に関わる方や、家族の方にも見せてあげたい」と背中を押していただきました。そこで、このたび本にまとめることにいたしました。

介護の施設に入所する方々は、認知症になったり、身体が不自由になったりしながらも、消えかかったわずかな思い出を胸に抱いて日々お過ごしです。家族にたった一言の感謝の気持ちを、伝えられずにもどかしく過ごされている方も少なからずいらっしゃることもわかりました。

家族に会いたい。

小さな望みですが、叶えば大きな幸せになるのです。

まったく会いに来なかった息子さんが、遺体を引き取りに来たときにこの心手紙を渡したら声をあげて泣いていましたというお話をいただいたこともありました。

また、介護士の方が、心手紙を通して入所している方の気持ちを知ることで、今までより一歩近づいた対応ができるようになったという声もいただきました。

介護を受ける方の気持ちが安らぐことによって、介護をする方の仕事も少し楽になるような気がいたします。私の心手紙やボランティアによって、そのお手伝いができるのであれば、とてもうれしいです。

この本には、心手紙と、介護やボランティア、そして家族にまつわる「詩」も掲載しています。いずれも小さな胸の中のつぶやきのようなものですが、あたりまえのことがふつうにあることの幸せを一緒に感じていただければ幸いです。

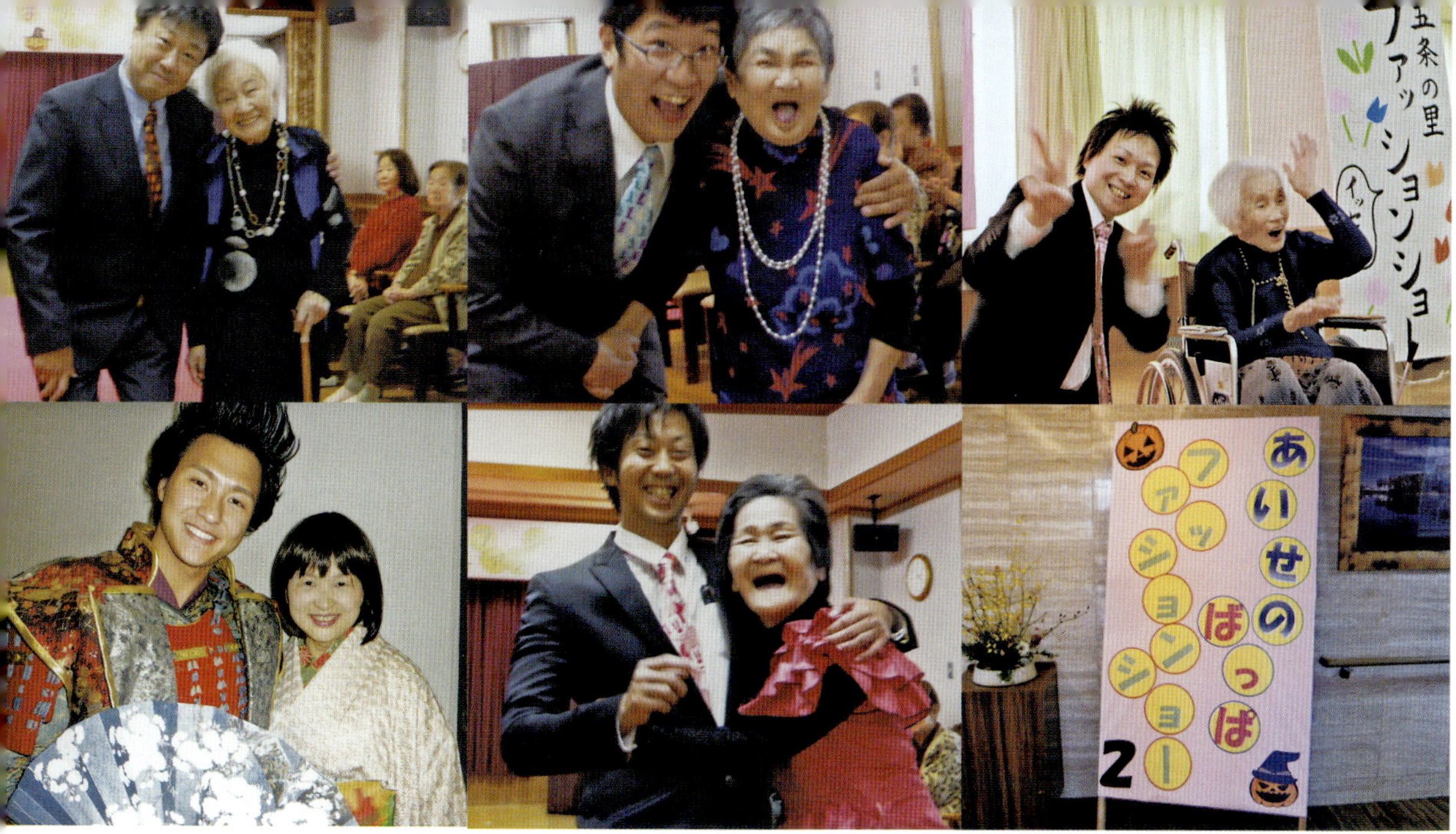

「あいせの里」と「五条の里」のみなさん（平成26年頃）

1. 心手紙

特別養護老人ホーム
「あいせの里」と
「五条の里」の
入所者のみなさまの
胸の中の思いを、
心手紙という
かたちにしました。
心を代筆する
ボランティアの
試みです。

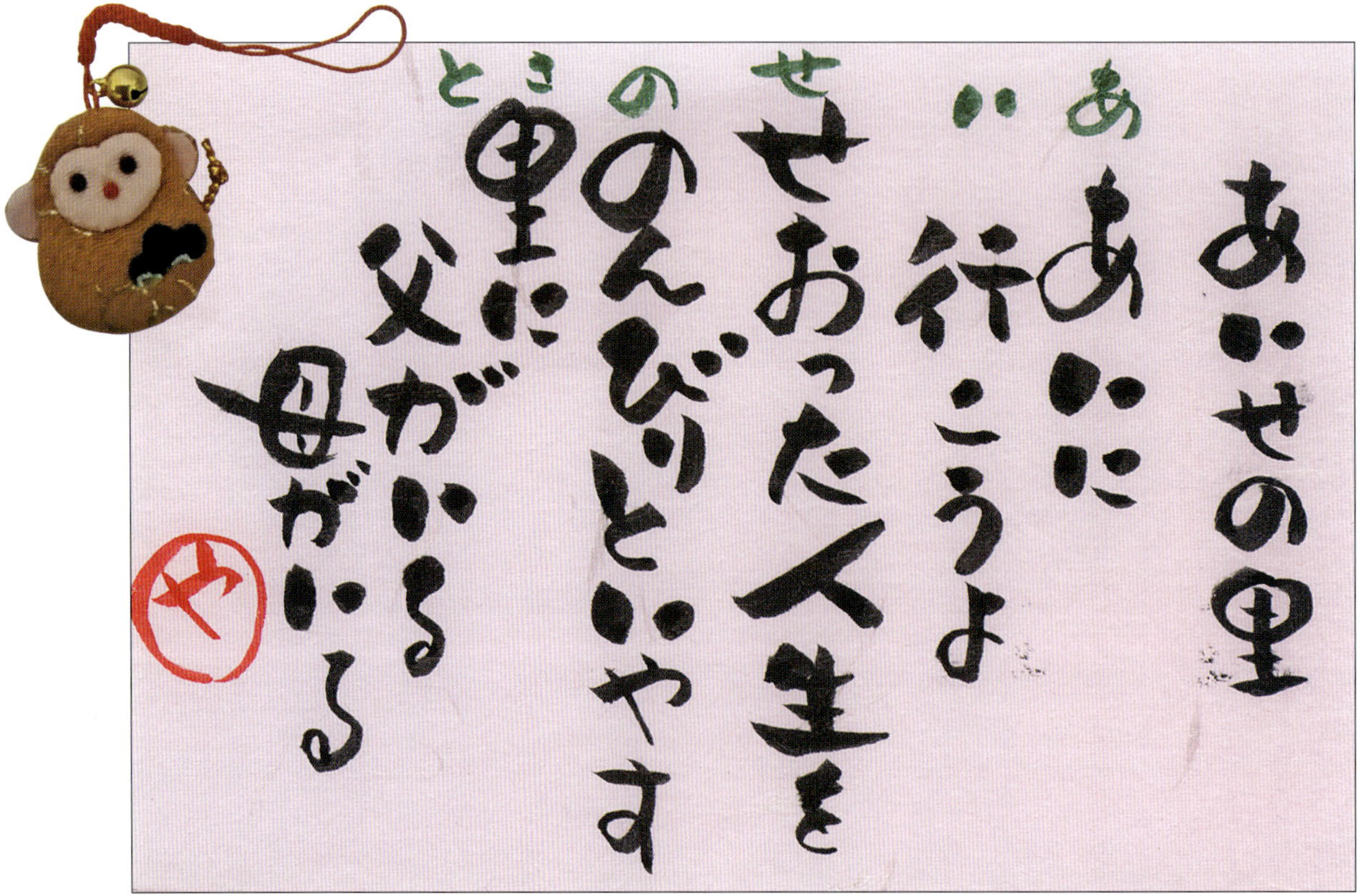
あいせの里
あいに
行こうよ
せおった人生を
のんびりといやす
里に
父がいる
母がいる
や

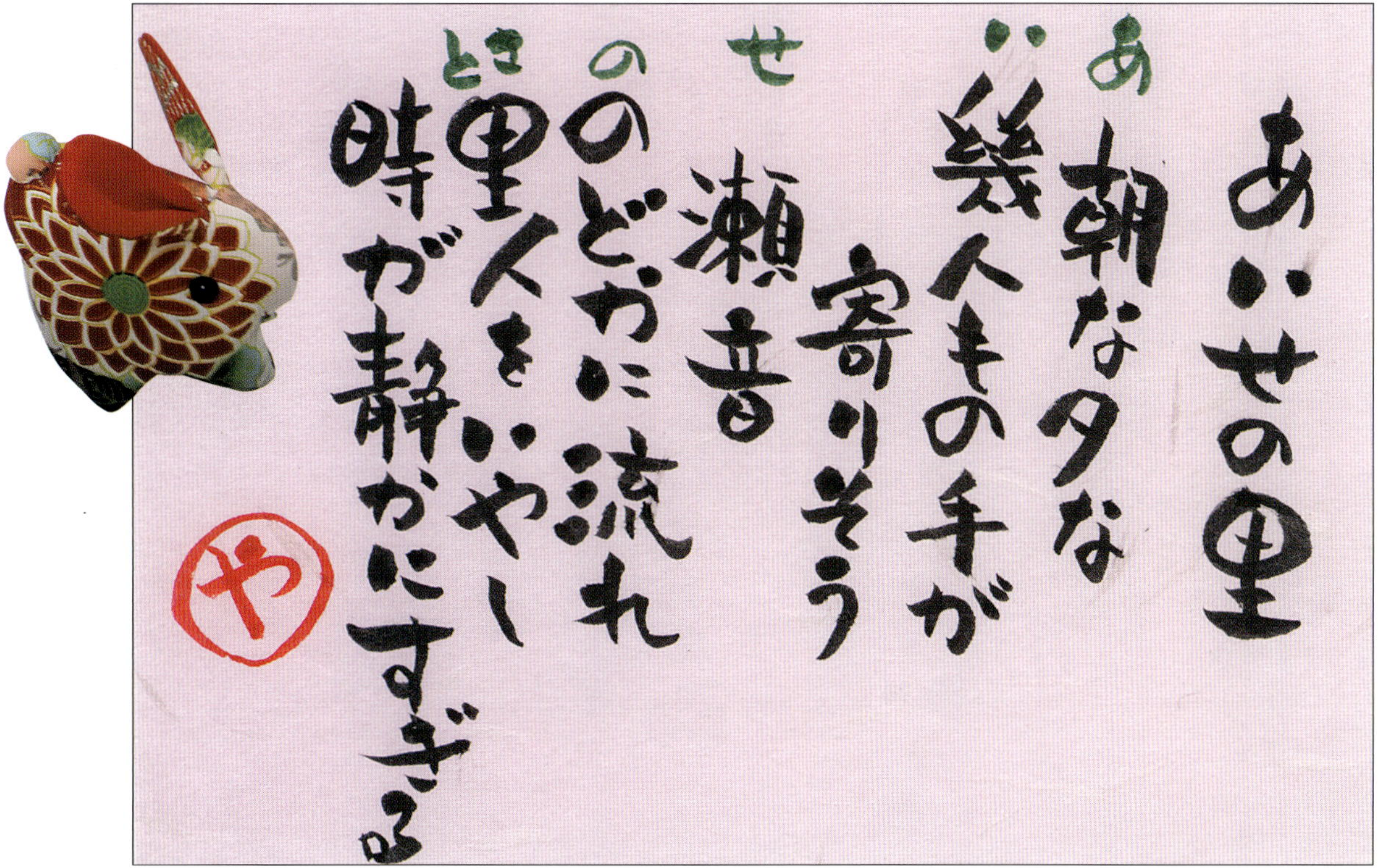

あいせの里
朝な夕な
幾人もの手が
寄りそう
瀬音
のどかに流れ
里人をいやし
時が静かにすぎる
や

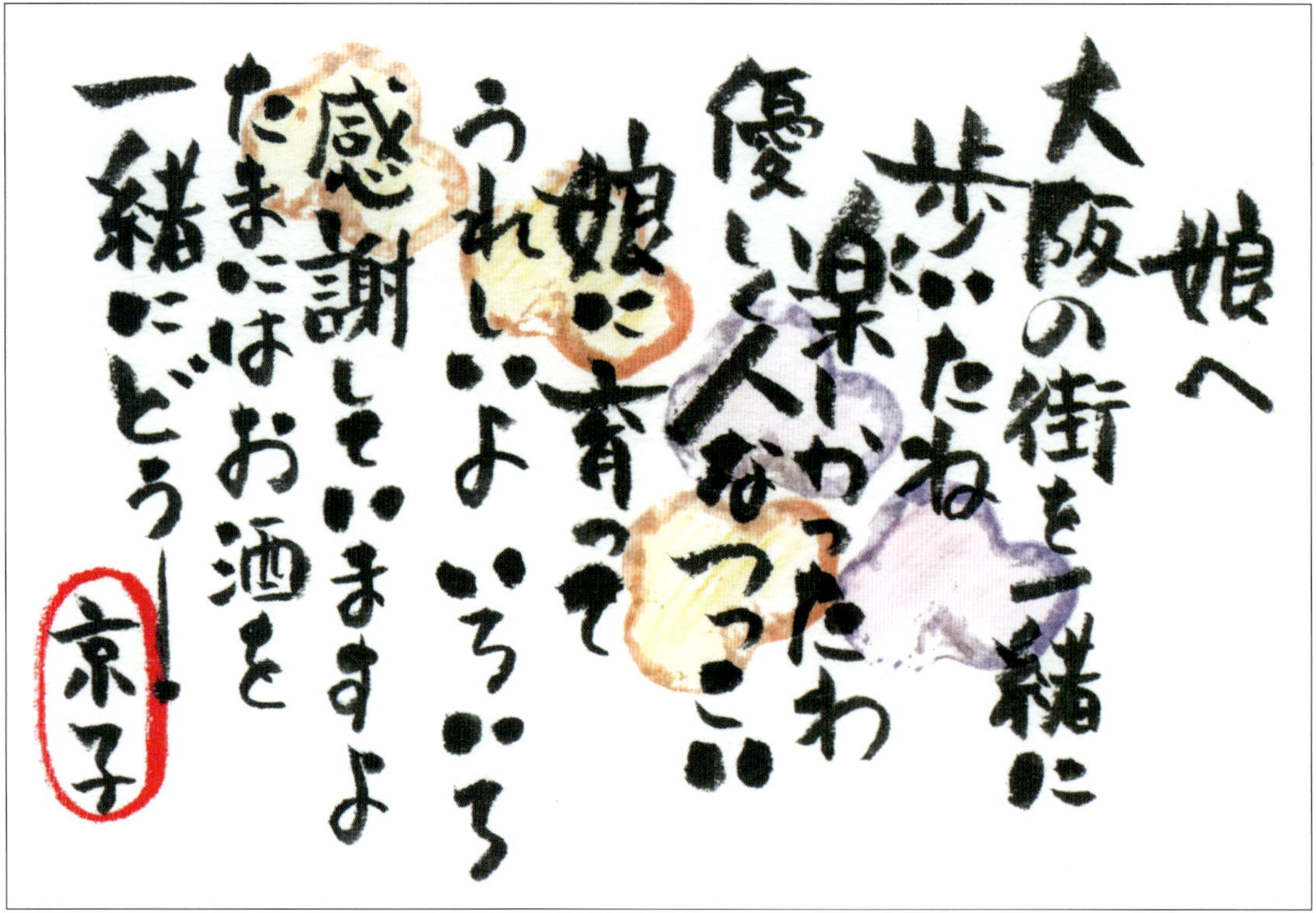
娘へ
大阪の街を一緒に
歩いたね
楽しかったわ
優しい人なつっこい
娘に育って
うれしいよ　いろいろ
感謝していますよ
たまにはお酒を
一緒にどう！
京子

母から娘へ

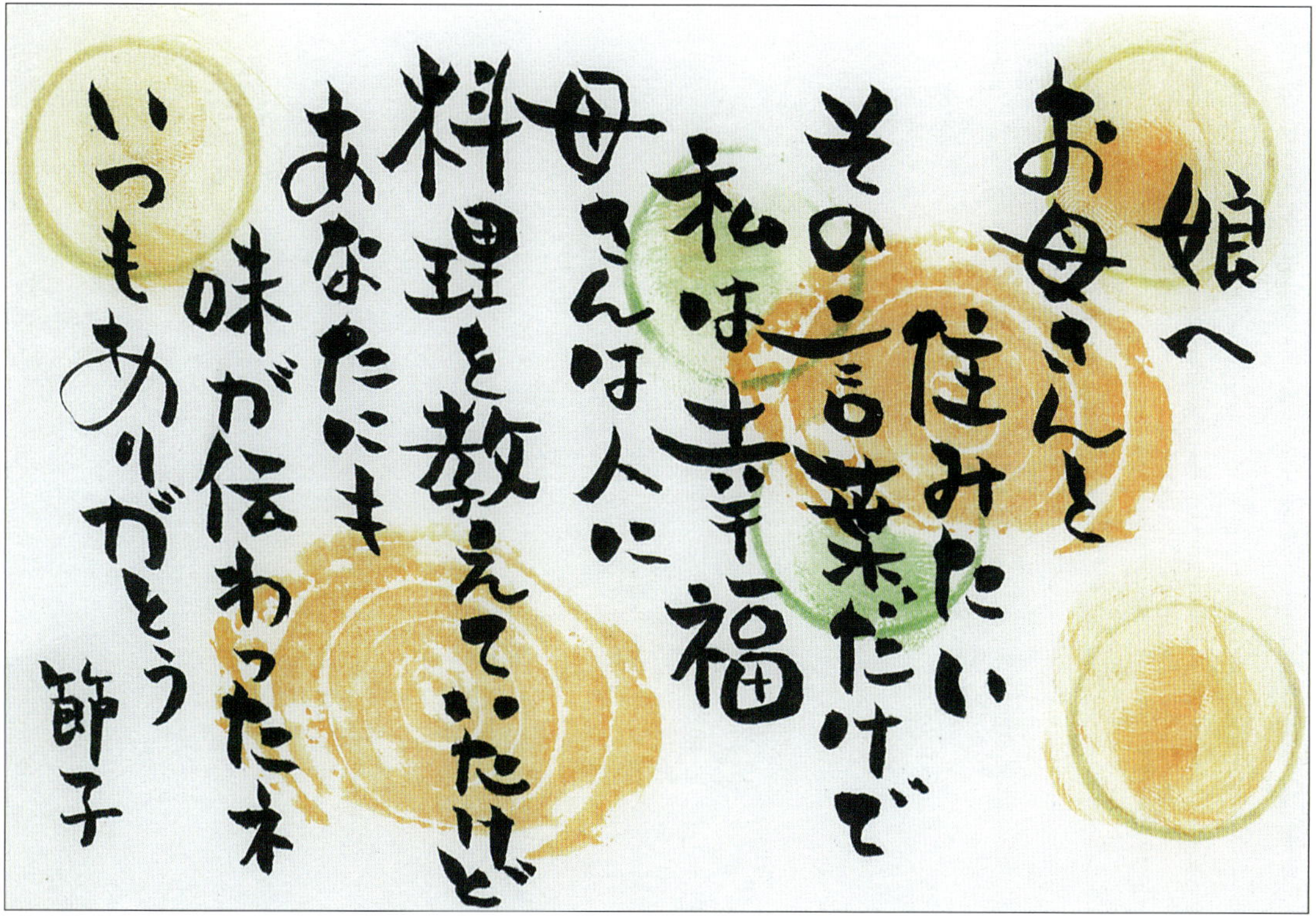
娘へ
お母さんと
住みたい
その言葉だけで
私は幸福
母さんは人に
料理を教えていたけど
あなたにも
味が伝わったネ
いつもありがとう
節子

母から娘へ

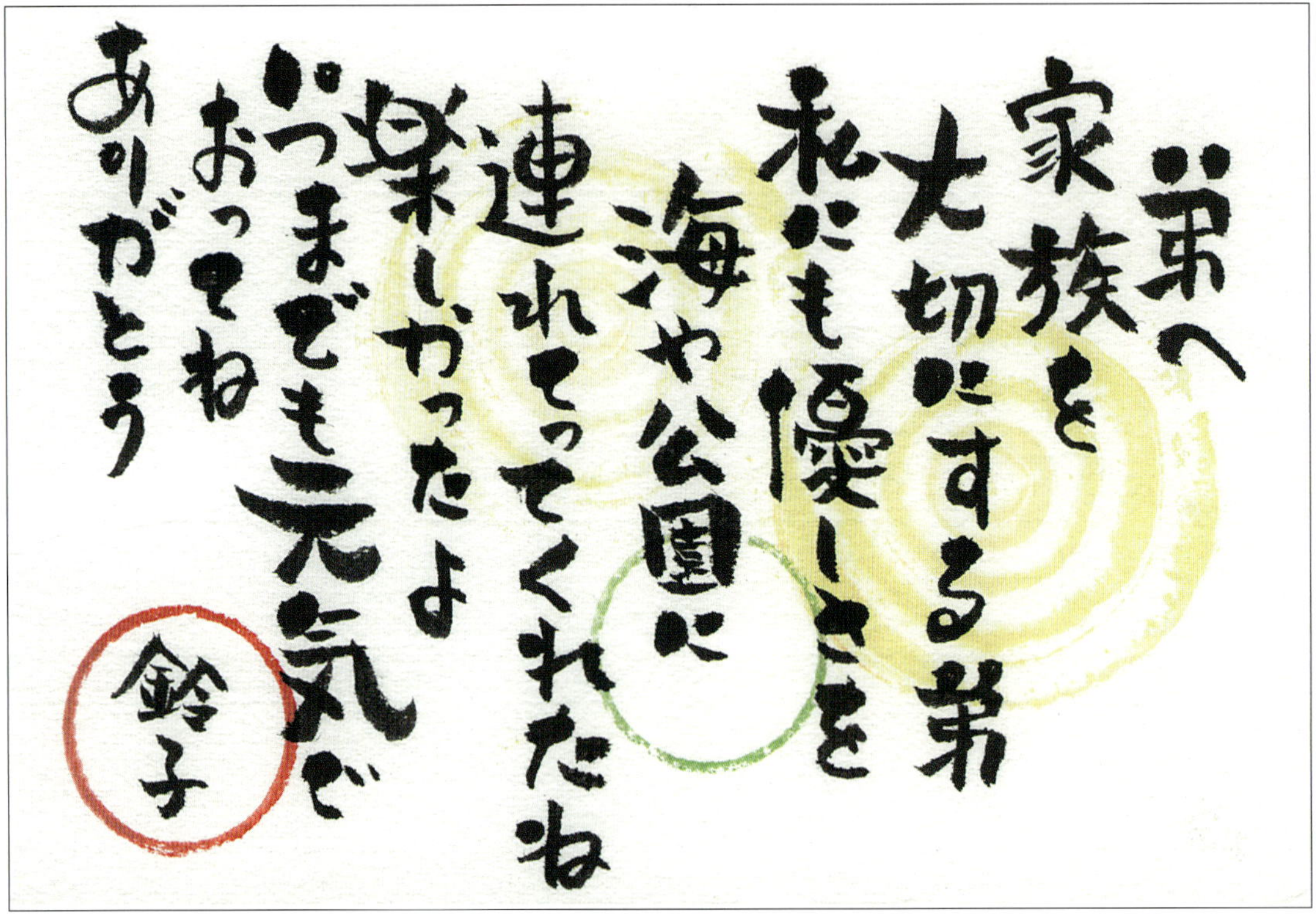
弟へ
家族を
大切にする弟
私にも優しさを
海や公園に
連れてってくれたね
楽しかったよ
いつまでも元気で
おってね
ありがとう
鈴子

姉から弟へ

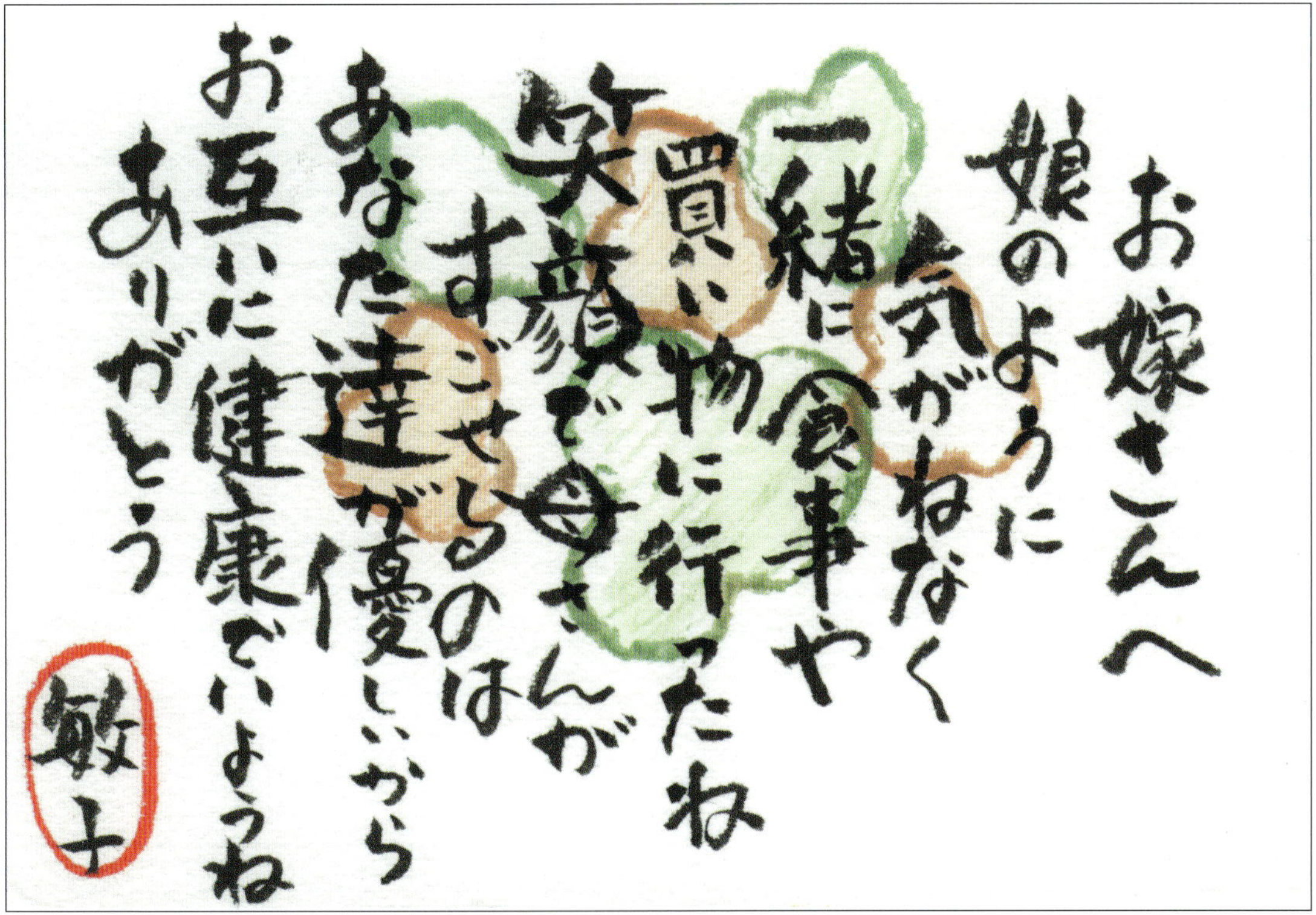
お嫁さんへ
娘のように
気がねなく
一緒に食事や
買い物に行ったね
笑顔で母さんが
すごせるのは
あなた達が優しいから
お互いに健康でいようね
ありがとう
敏子

義母からお嫁さんへ

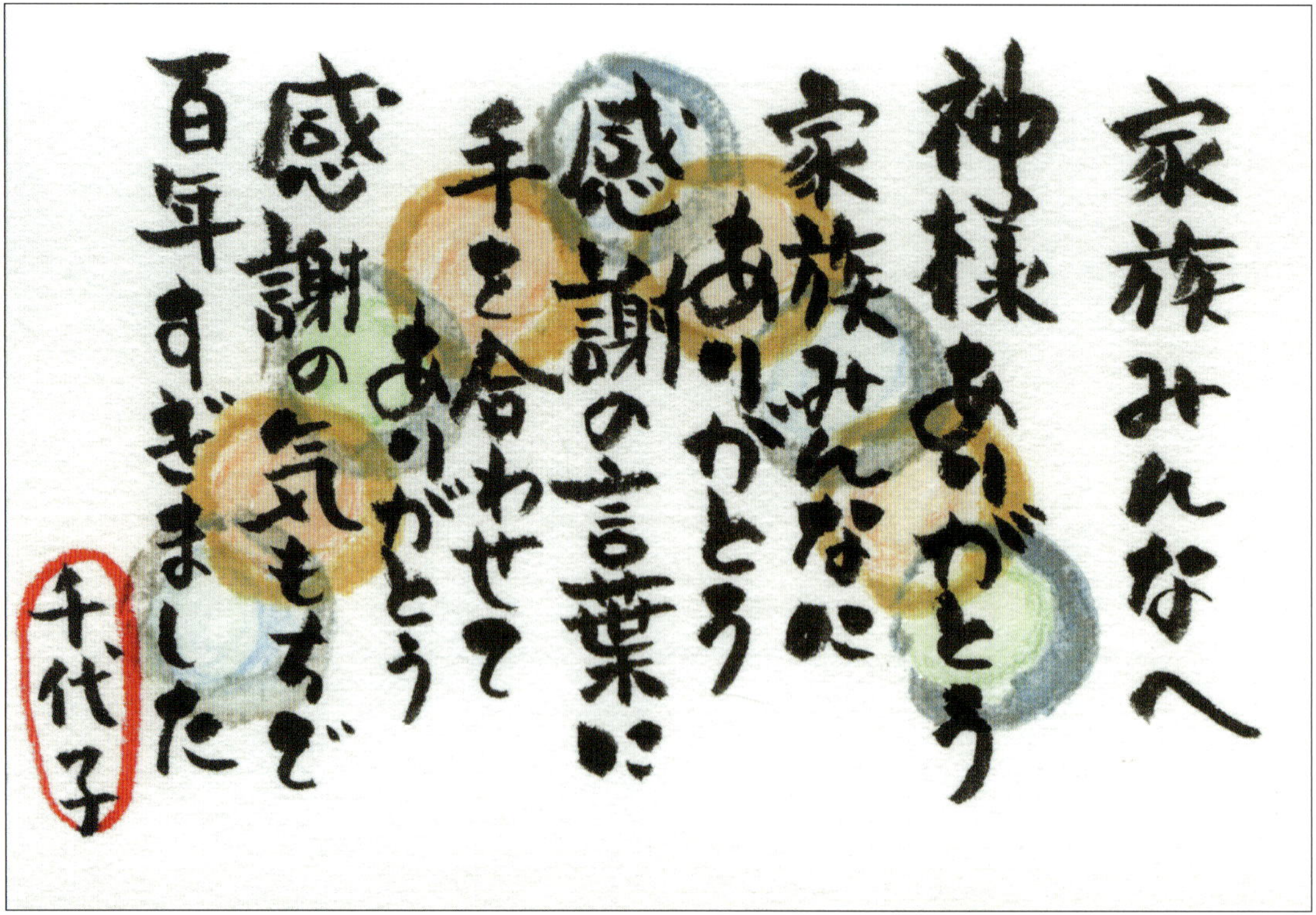
家族みんなへ
神様ありがとう
家族みんなに
ありがとう
感謝の言葉に
手を合わせて
ありがとう
感謝の気もちで
百年すぎました
千代子

母から家族のみんなへ

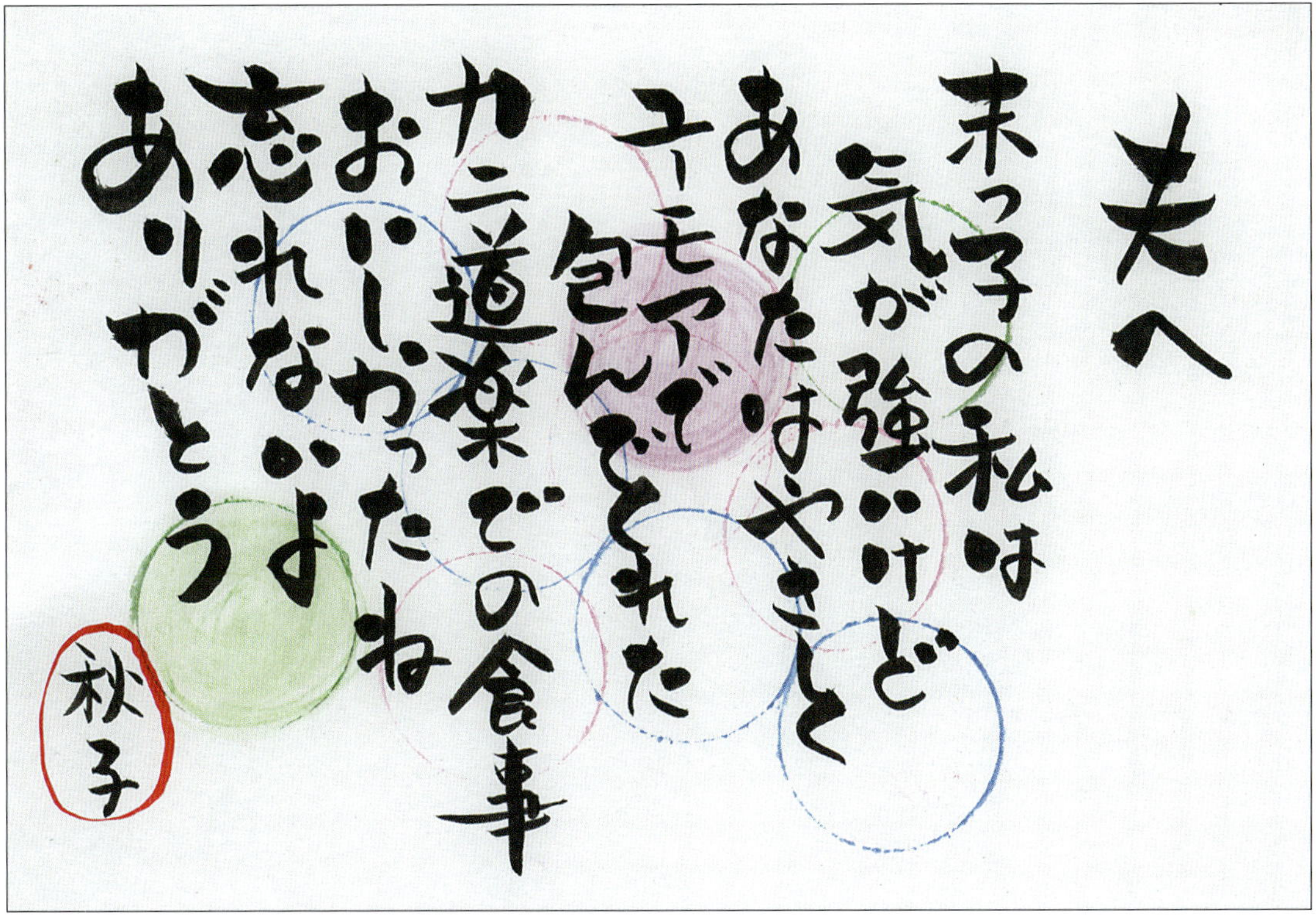
夫へ
末っ子の私は
気が強いけど
あなたはやさしく
ユーモアで
包んでくれた
カニ道楽での食事
おいしかったね
忘れないよ
ありがとう
秋子

妻から夫へ

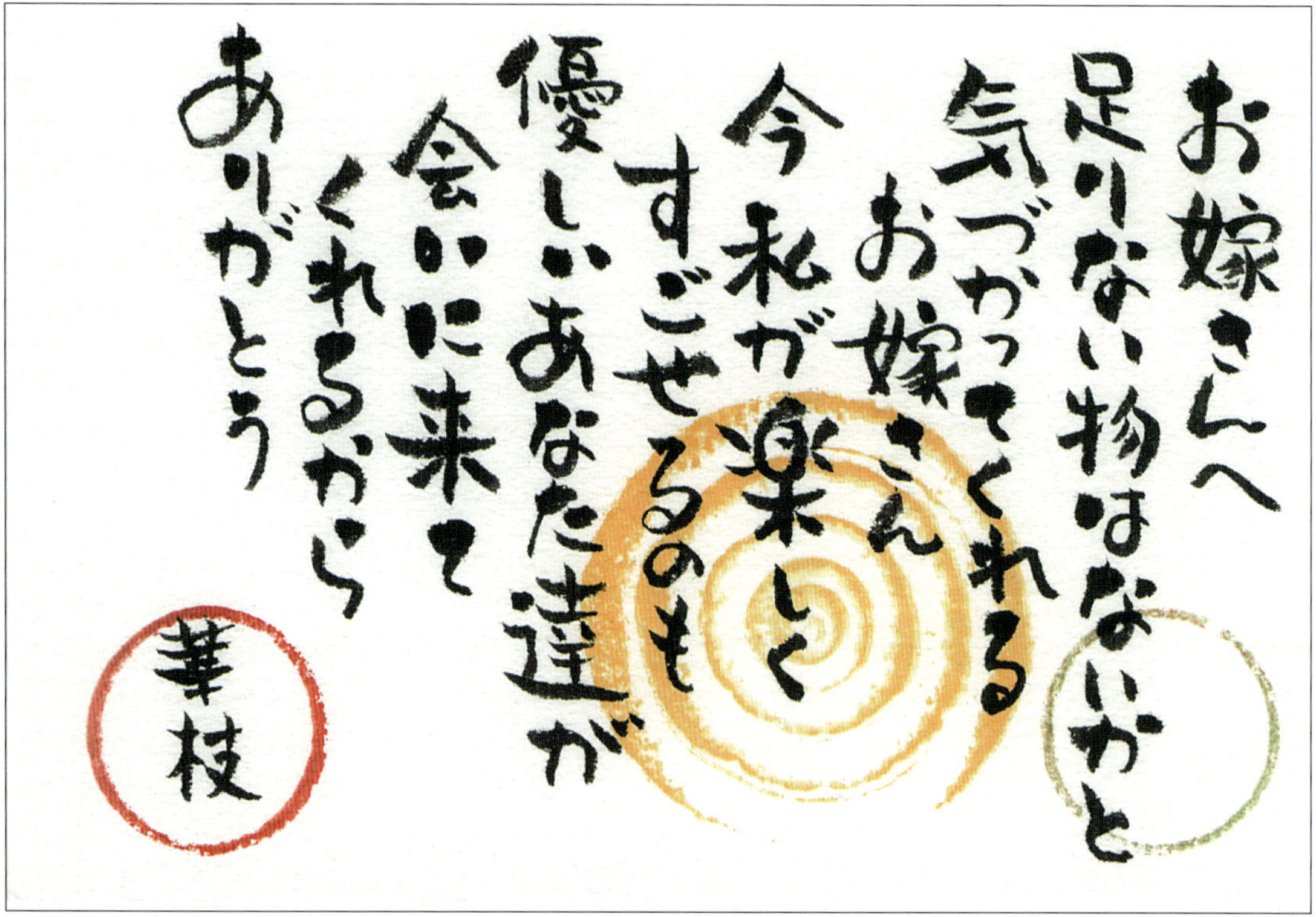
お嫁さんへ
足りない物はないかと
気づかってくれる
お嫁さん
今私が楽しく
すごせるのも
優しいあなた達が
会いに来て
くれるから
ありがとう
華枝

義母からお嫁さんへ

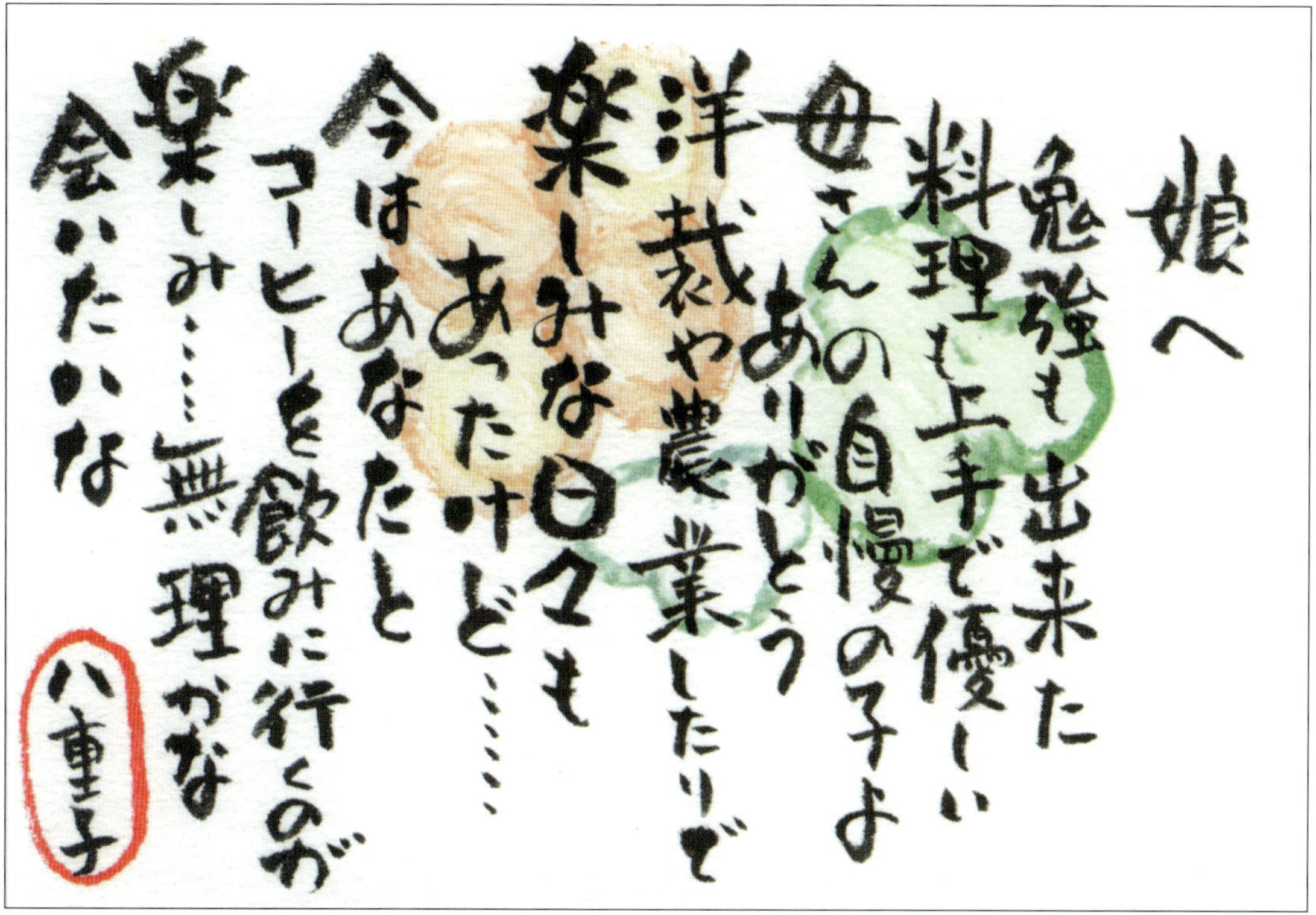
娘へ
勉強も出来た
料理も上手で優しい
母さんの自慢の子よ
ありがとう
洋裁や農業したりで
楽しみな日々も
あったけど……
今はあなたと
コーヒーを飲みに行くのが
楽しみ……無理かな
会いたいな
八重子

母から娘へ

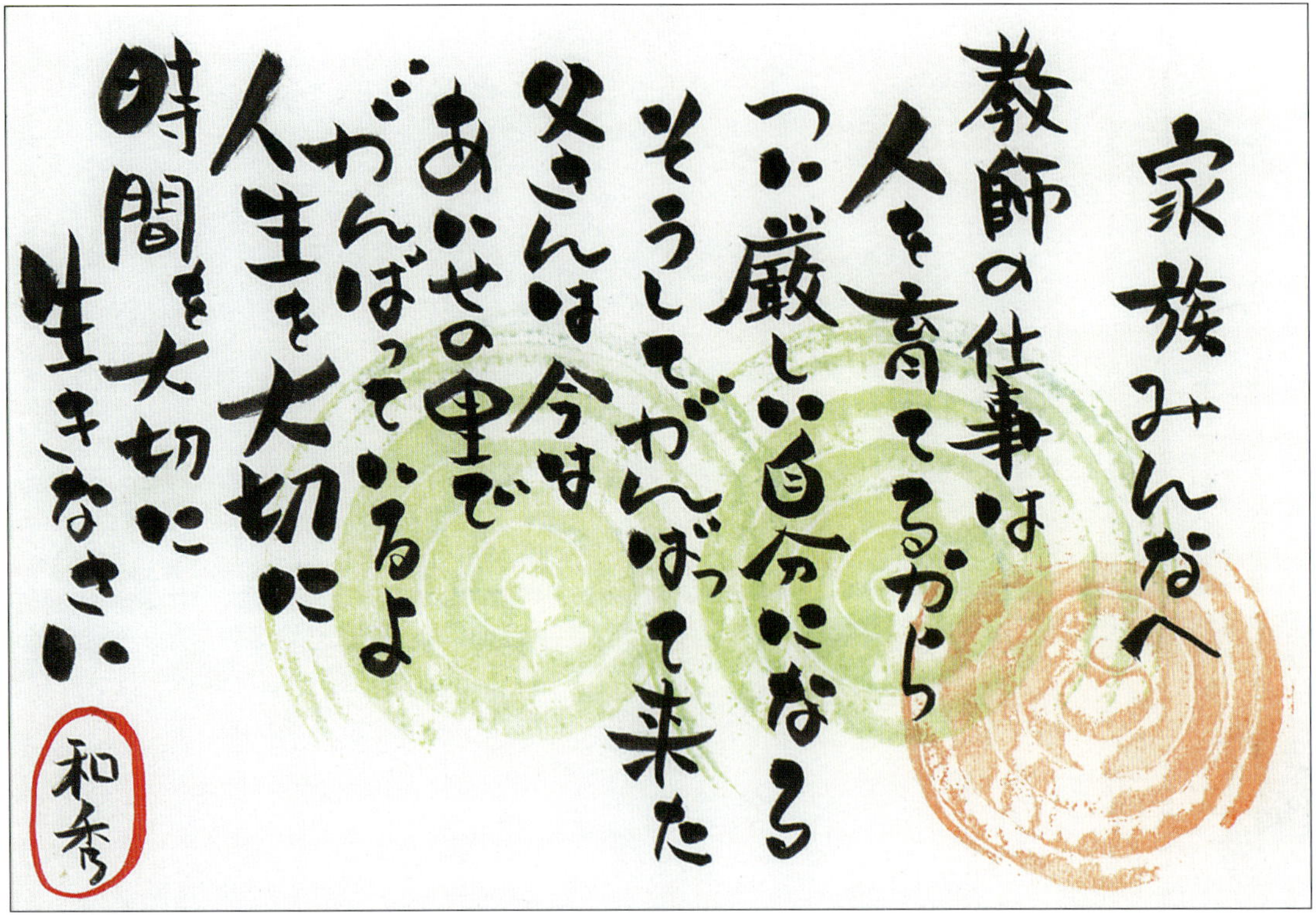
家族みんなへ
教師の仕事は
人を育てるから
つい厳しい自分になる
そうしてがんばって来た
父さんは今は
あいせの里で
がんばっているよ
人生を大切に
時間を大切に
生きなさい
和秀

父から家族みんなへ

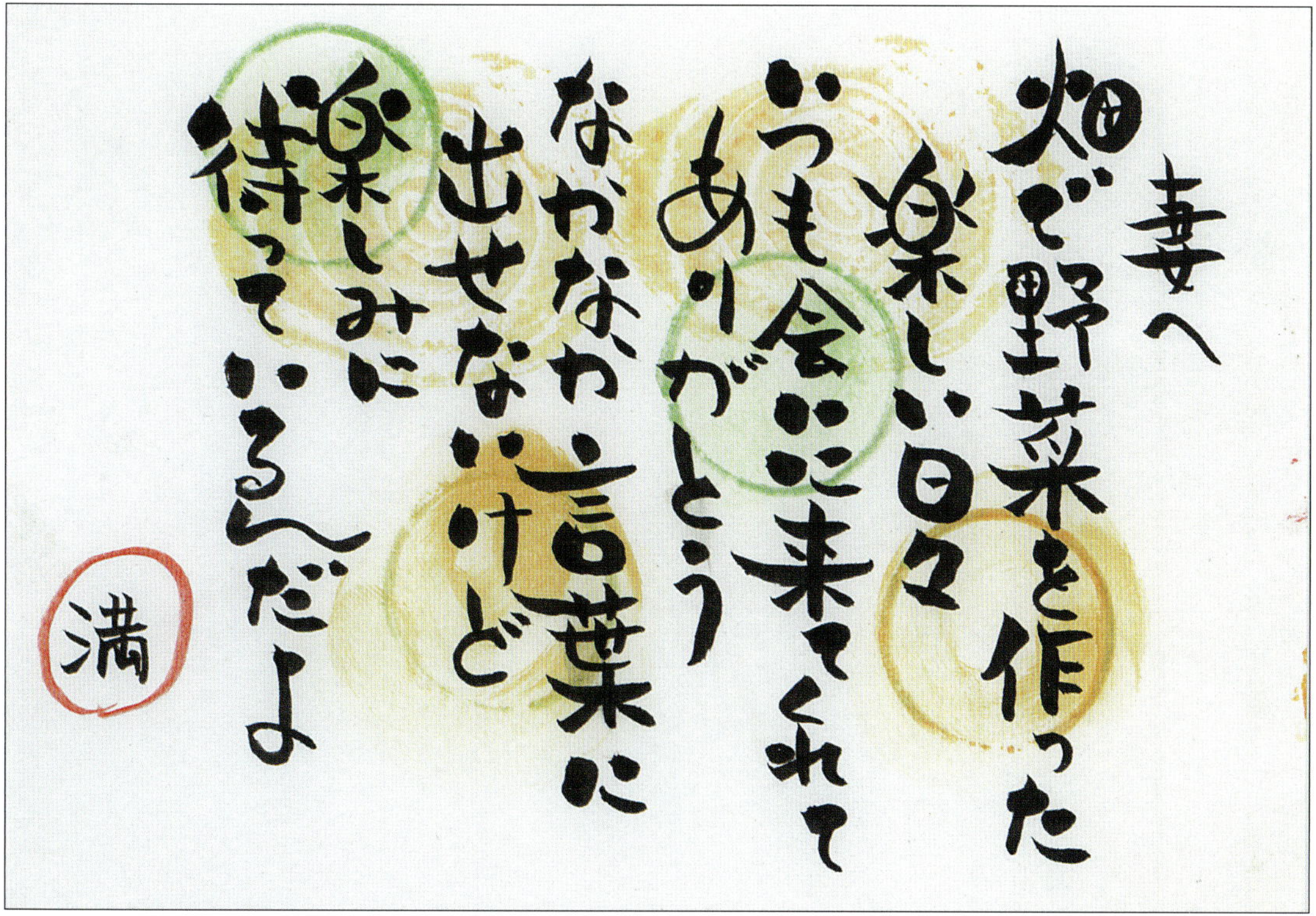
妻へ
畑で野菜を作った
楽しい日々
いつも会いに来てくれて
ありがとう
なかなか言葉に
出せないけど
楽しみに
待っているんだよ
満

夫から妻へ

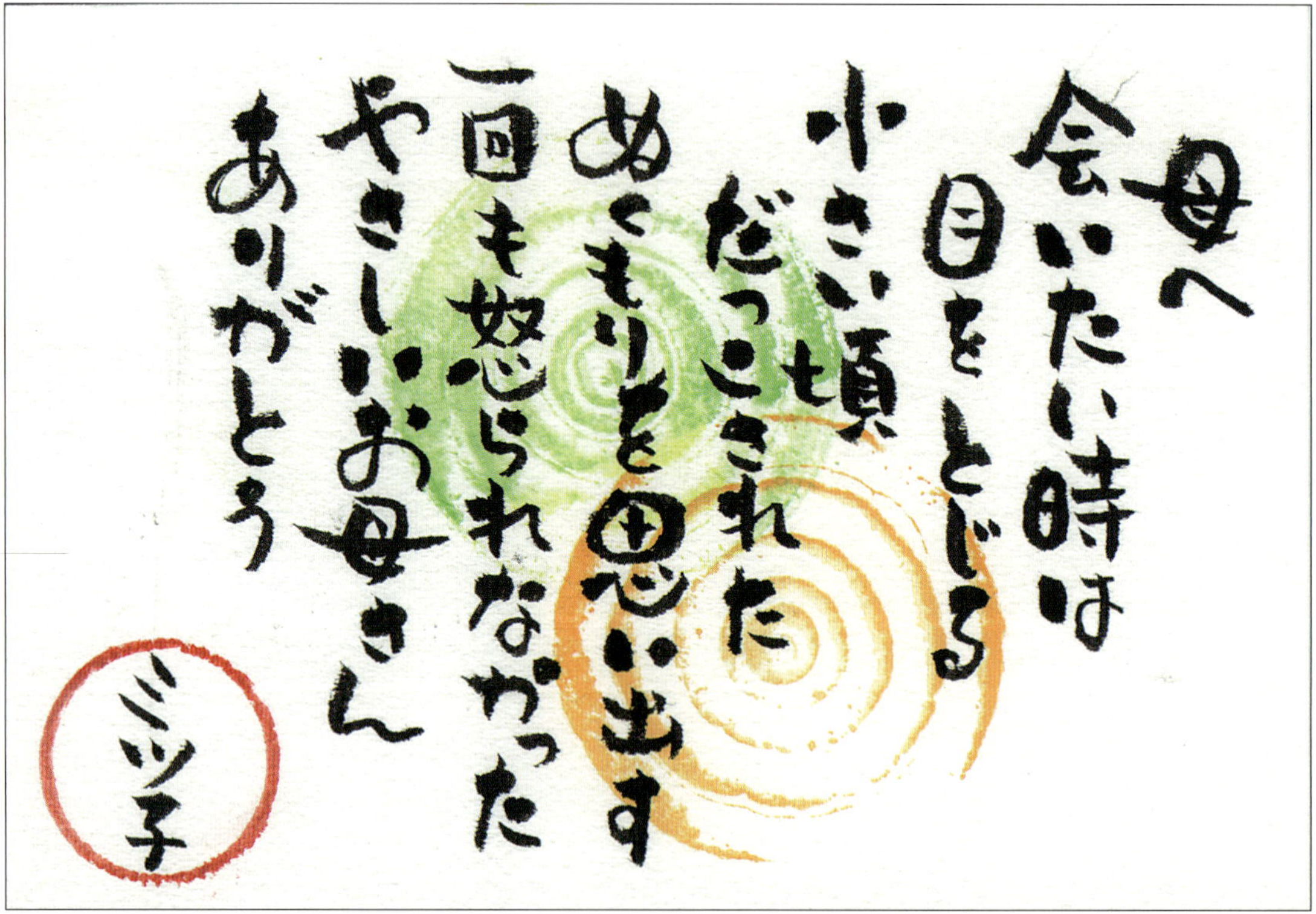
母へ
会いたい時は
目をとじる
小さい頃も
だっこされた
ぬくもりを思い出す
一回も怒られなかった
やさしいお母さん
ありがとう
ミツ子

娘から母へ

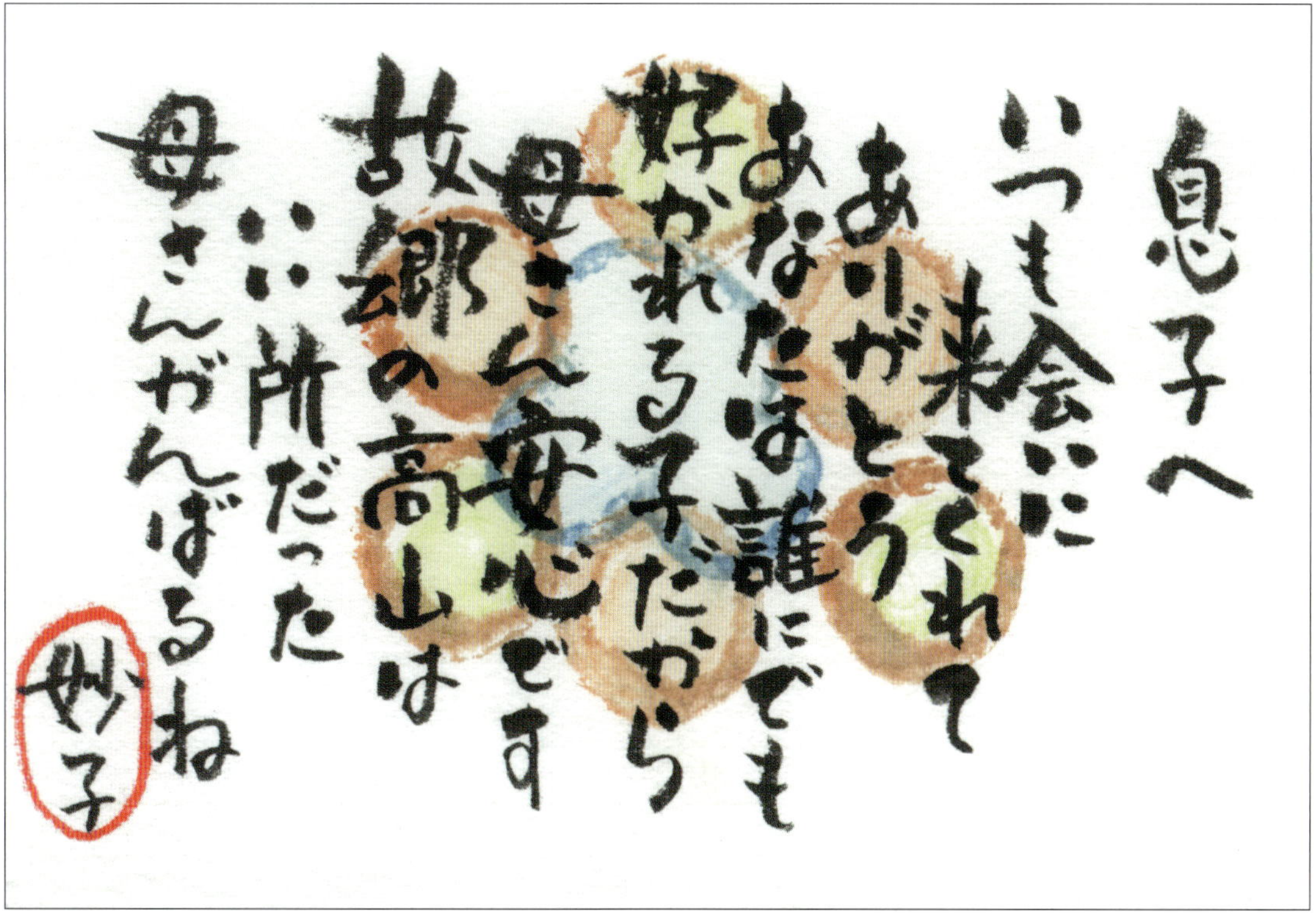
息子へ
いつも会いに
来てくれて
ありがとう
あなたは誰にでも
好かれる子だから
母さん安心です
故郷の高山は
いい所だった
母さんがんばるね
妙子

母から息子へ

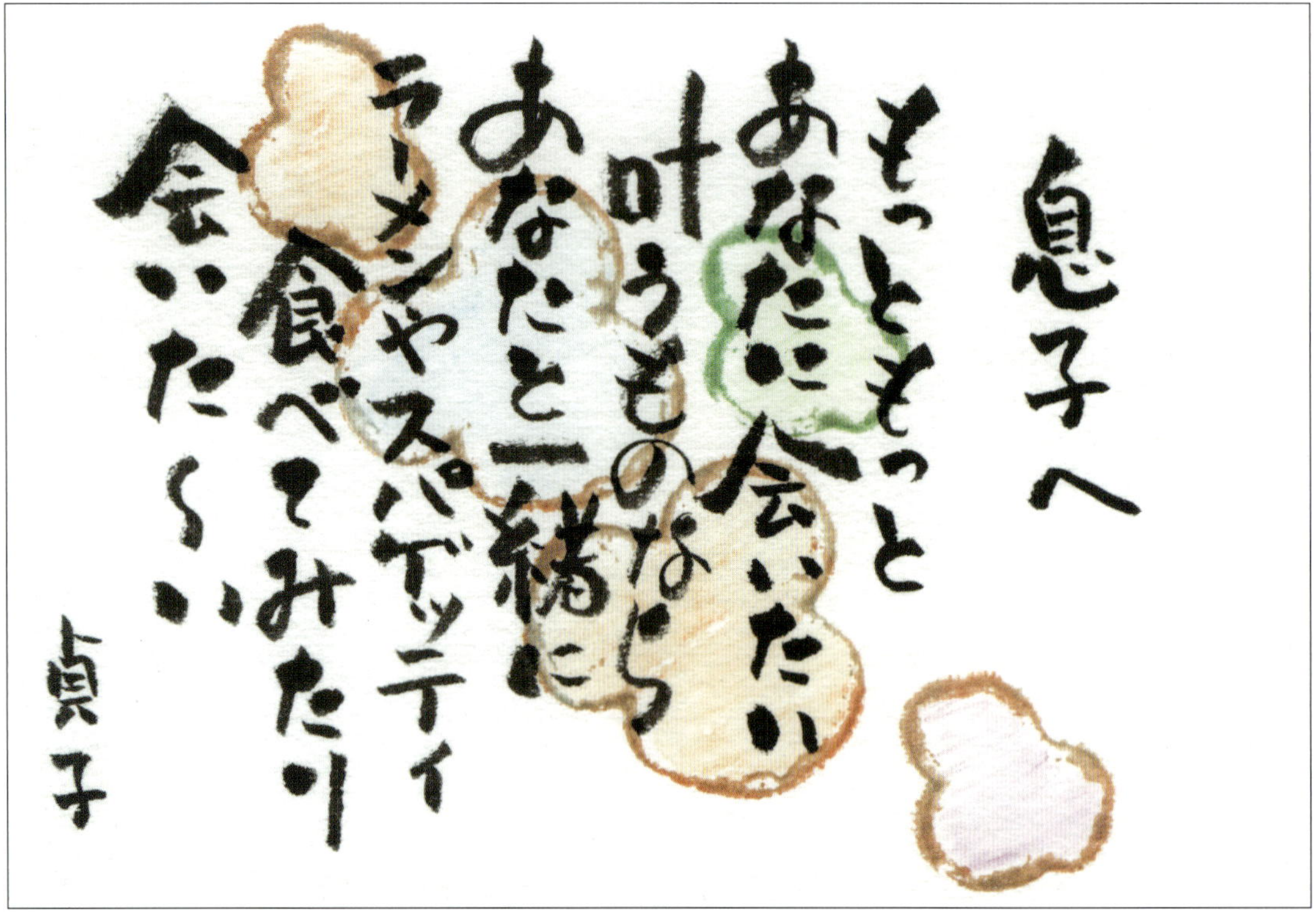
息子へ
もっともっと
あなたに会いたい
叶うものなら
あなたと一緒に
ラーメンやスパゲッティ
食べてみたり
会いた～い
貞子

母から息子へ

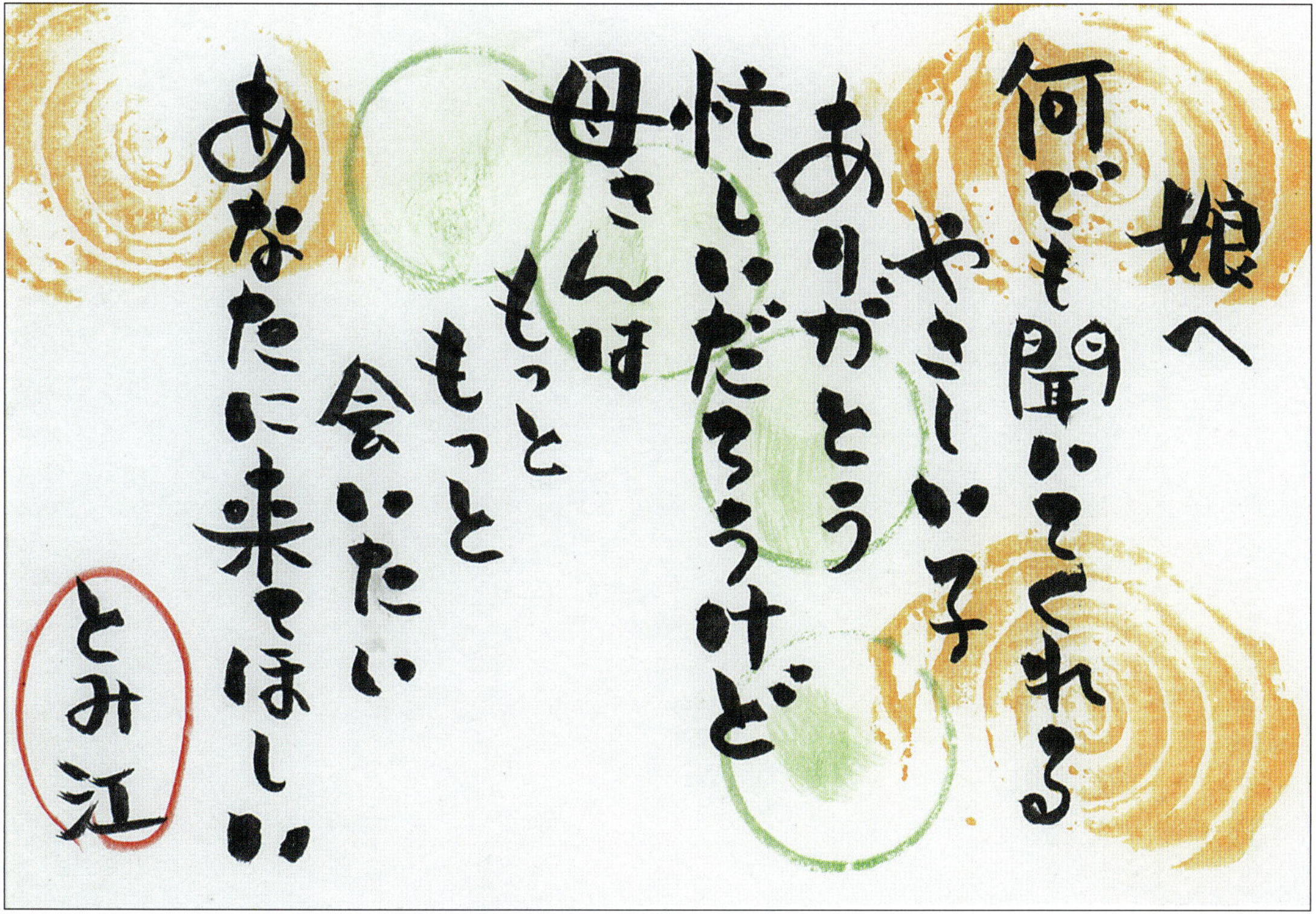
娘へ
何でも聞いてくれる
やさしい子
ありがとう
忙しいだろうけど
母さんは
もっと
もっと
会いたい
あなたに来てほしい!!
とみ江

母から娘へ

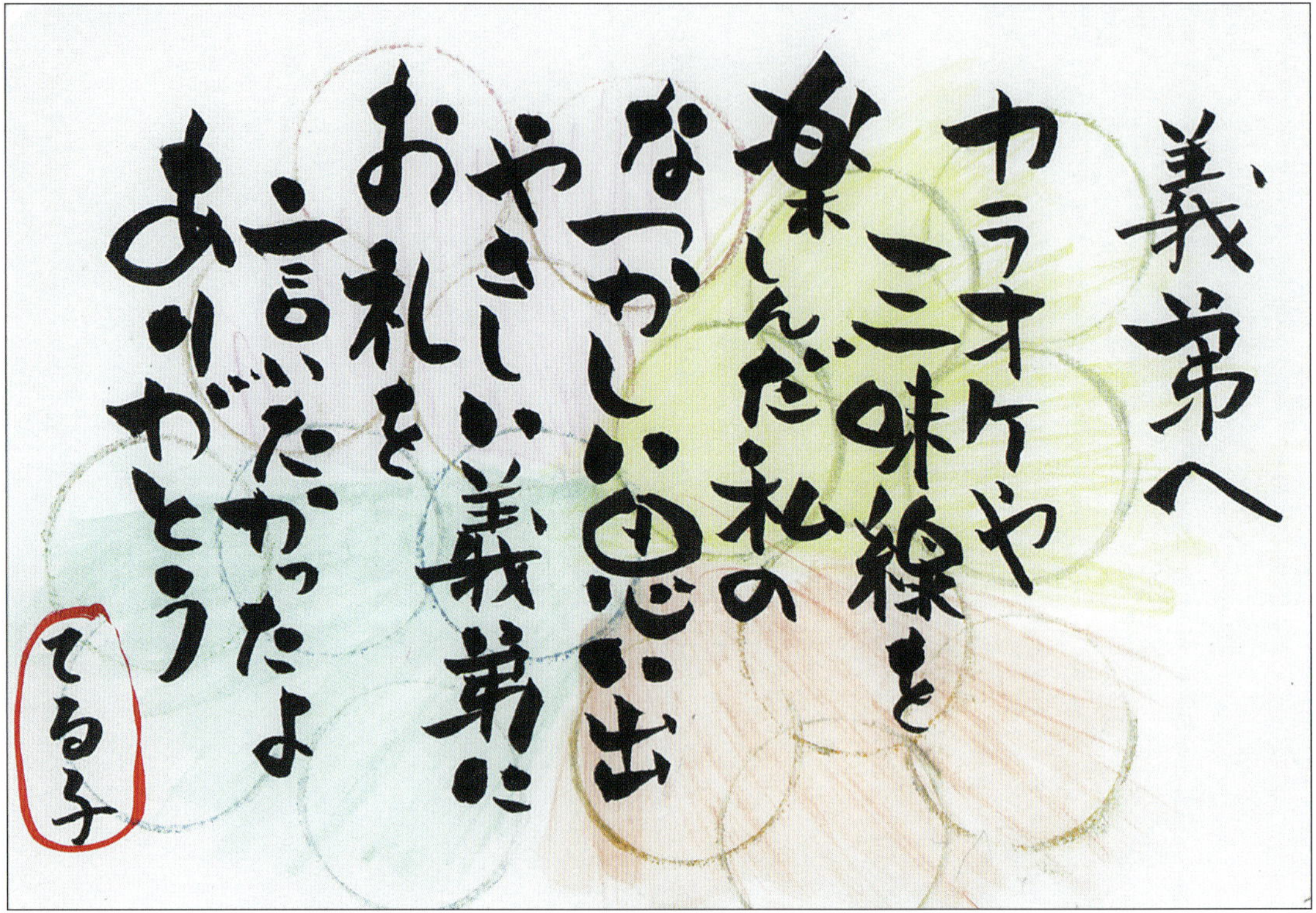
義弟へ
カラオケや
三味線を
楽しんだ私の
なつかしい思い出
やさしい義弟に
お礼を
言いたかったよ
ありがとう
てる子

義弟へ

夫へ
きびしいけど
優しい人
一緒にすごした
日々は私の楽しい
思い出に……
涙が出るほど
大好きだったよ
ありがとう
郁枝

妻から夫へ

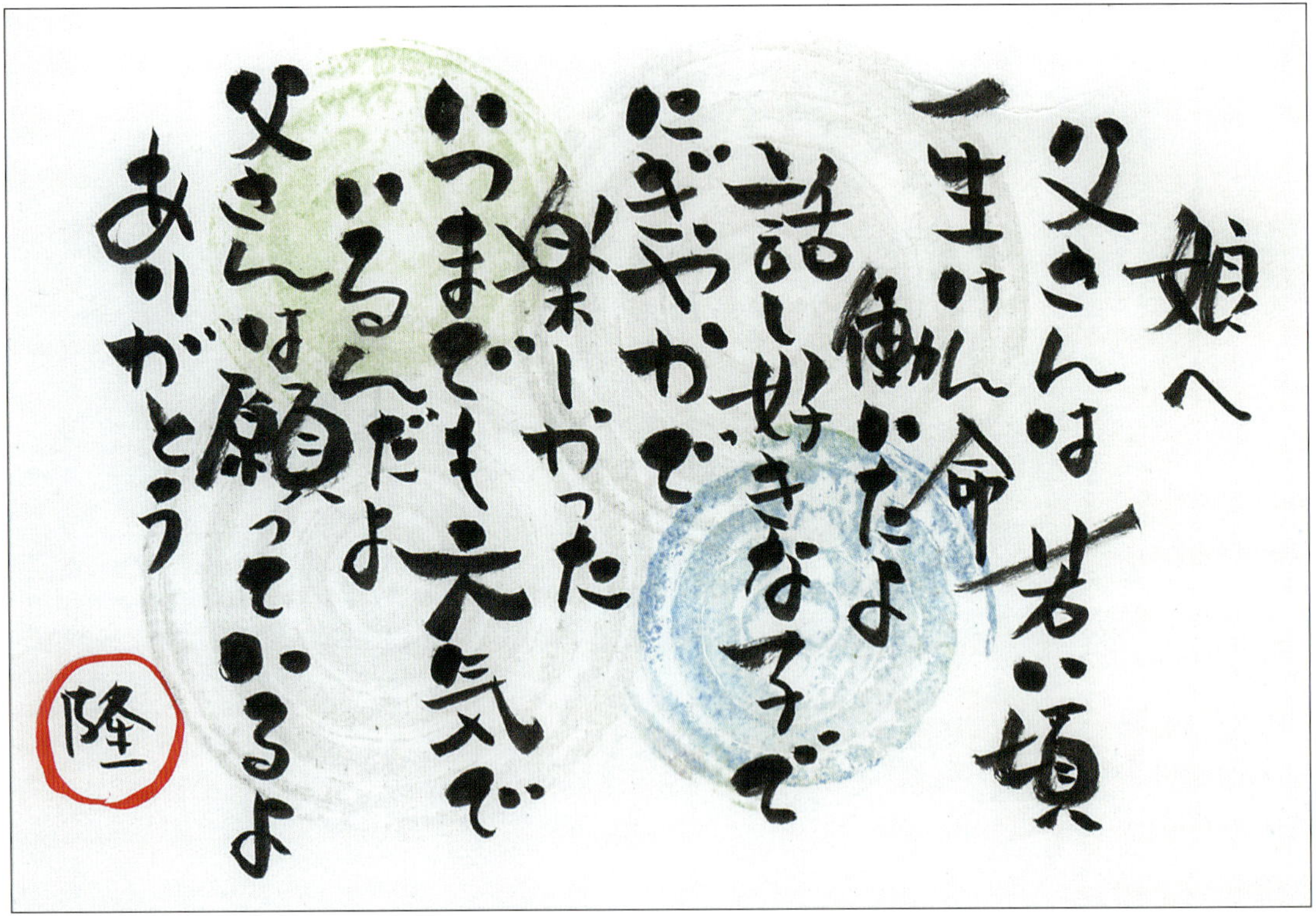
娘へ
父さんは若い頃
一生けん命働いたよ
話し好きな子で
にぎやかで
楽しかった
いつまでも元気で
いるんだよ
父さんは願っているよ
ありがとう
隆一

父から娘へ

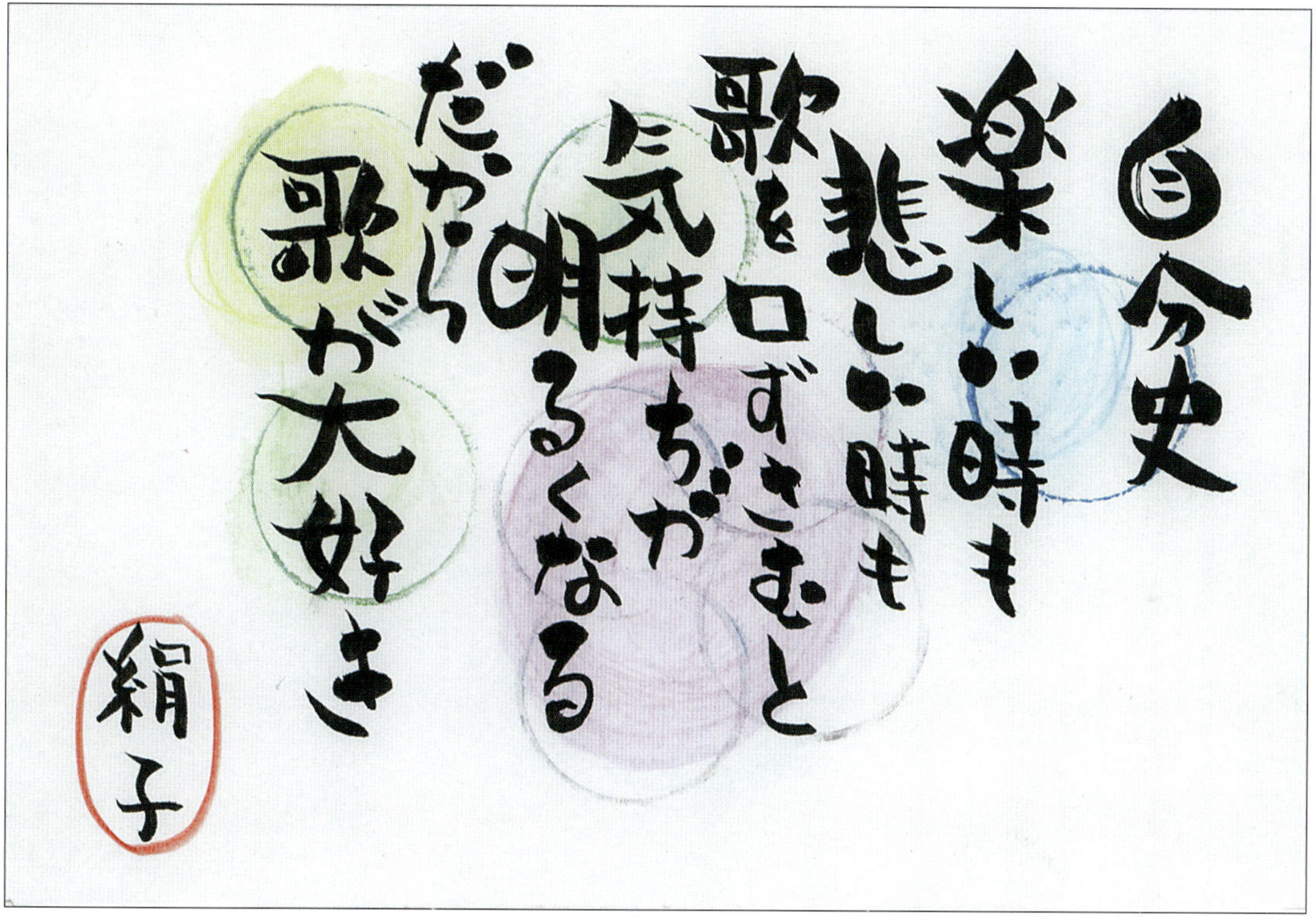

自分史

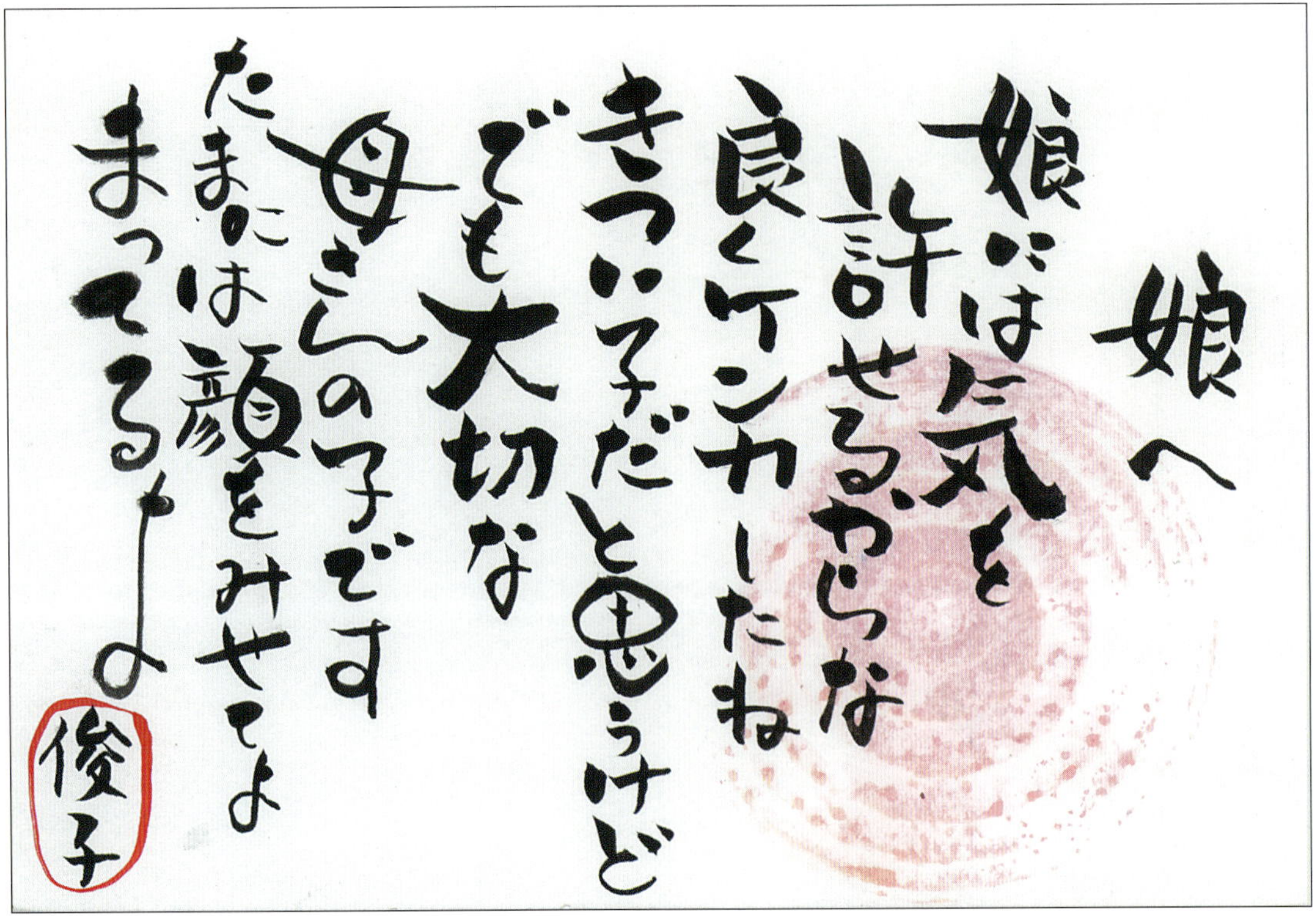
娘へ
娘には気を
許せるからな
良くケンカしたね
きつい子だと思うけど
でも大切な
母さんの子です
たまには顔をみせてよ
まってるよ
俊子

母から娘へ

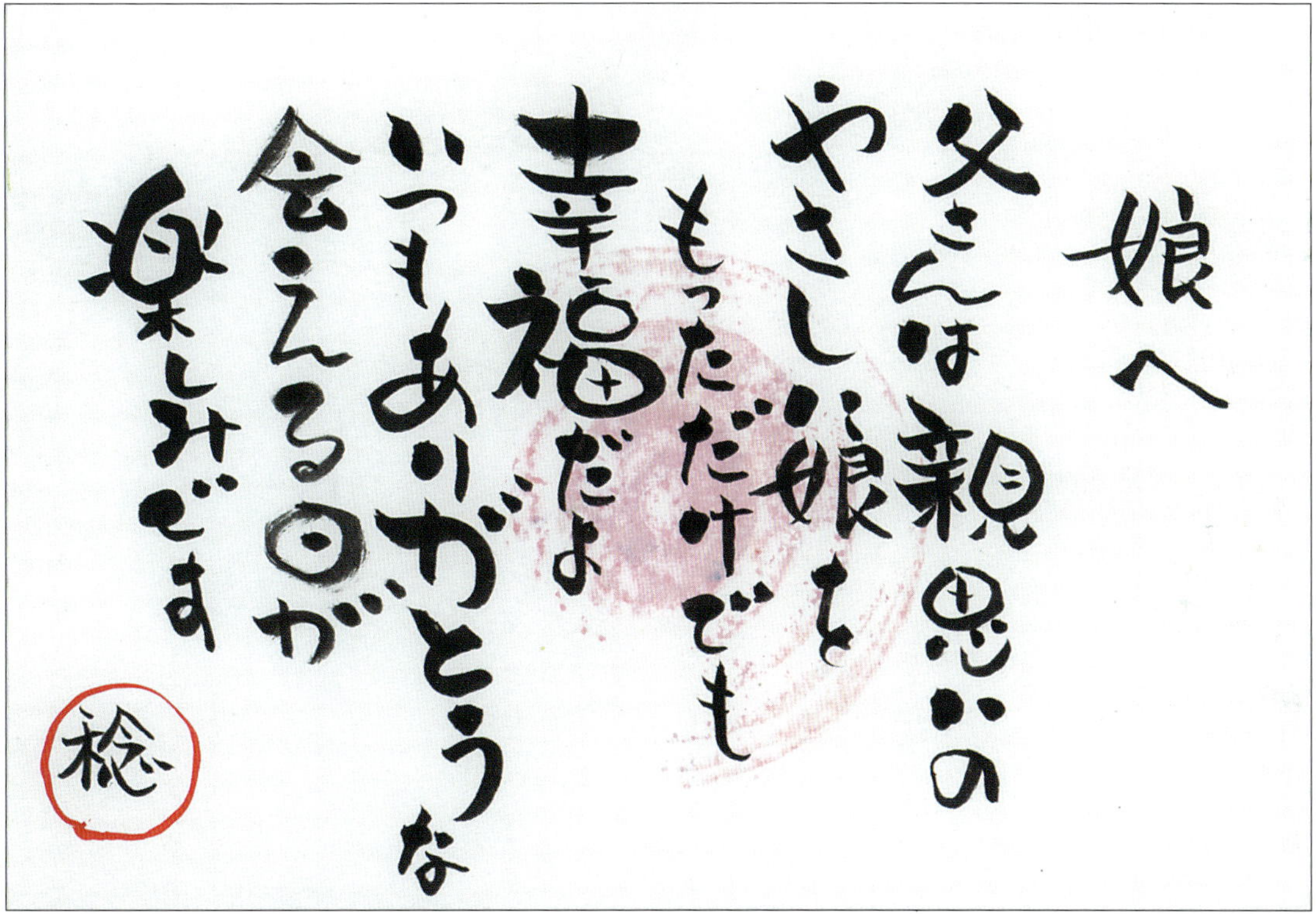

父から娘へ

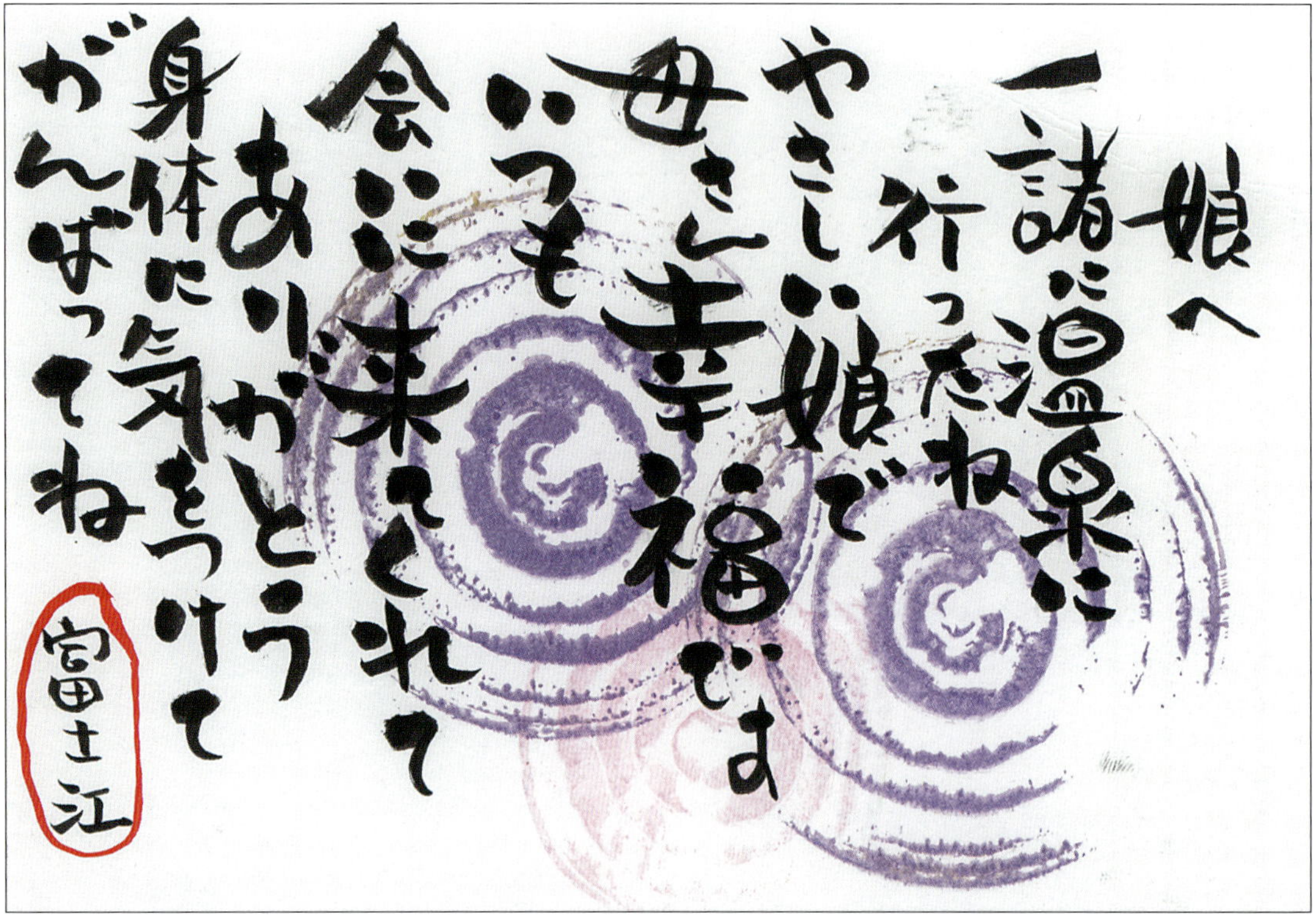

娘へ
一諸に温泉に
行ったね
やさしい娘で
母さん幸福ですよ
いつも
会いに来てくれて
ありがとう
身体に気をつけて
がんばってね
富士江

母から娘へ

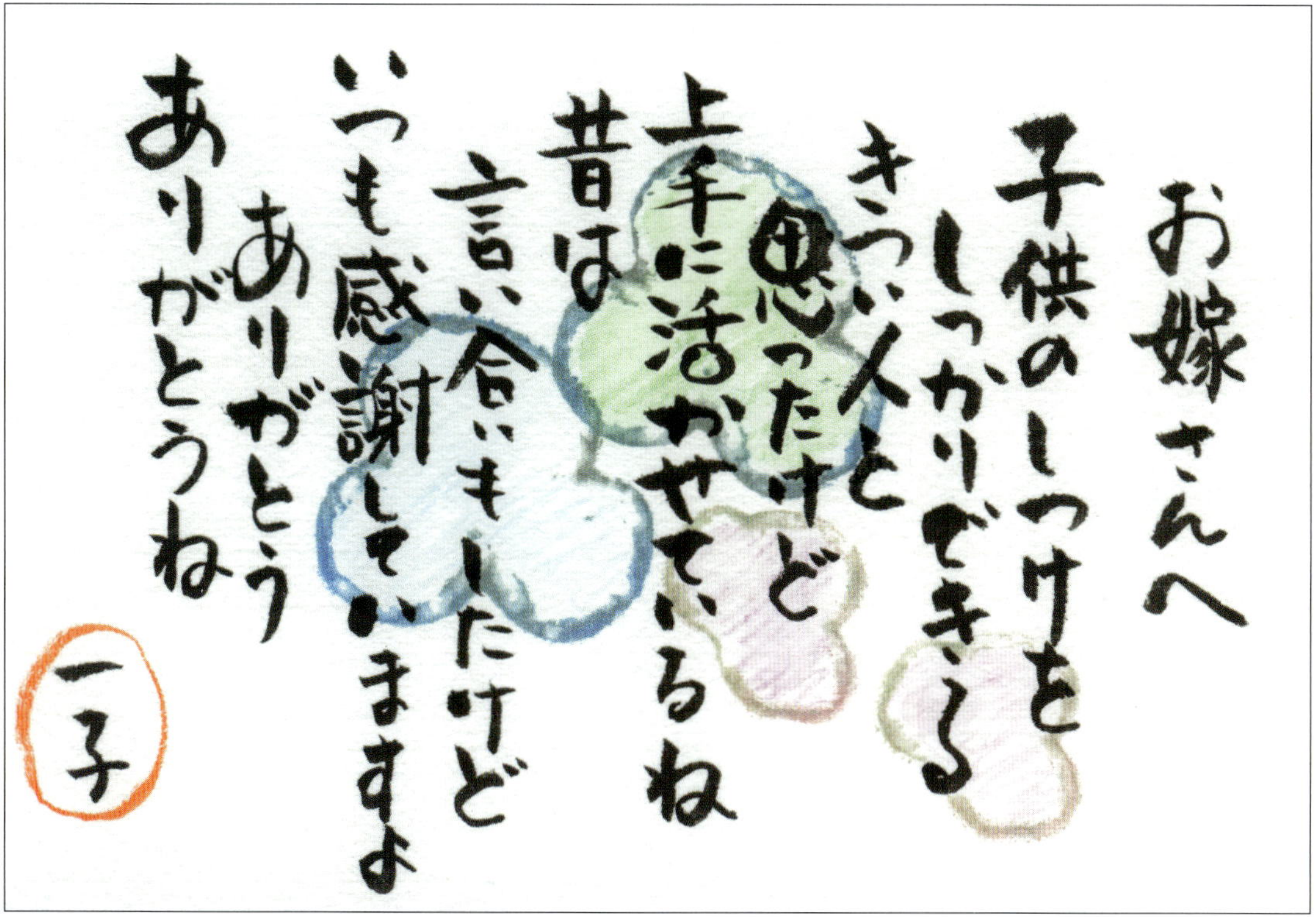
お嫁さんへ
子供のしつけを
しっかりできる
きつい人と
思ったけど
上手に活かせているね
昔は
言い合いもしたけど
いつも感謝していますよ
ありがとう
ありがとうね
一子

義母からお嫁さんへ

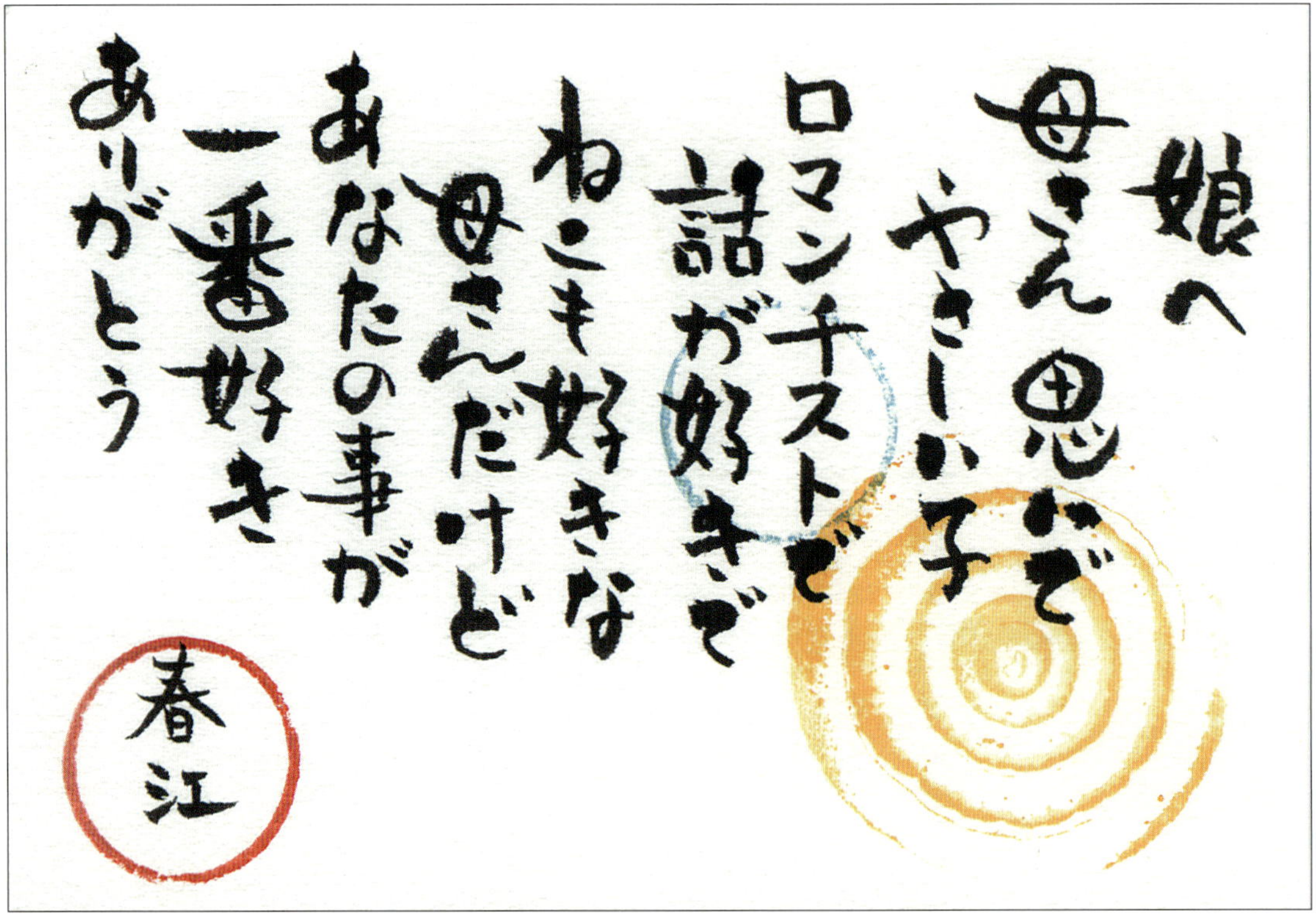
娘へ
母さん思いで
やさしい子
ロマンチストで
話が好きで
ねこも好きな
母さんだけど
あなたの事が
一番好き
ありがとう
春江

母から娘へ

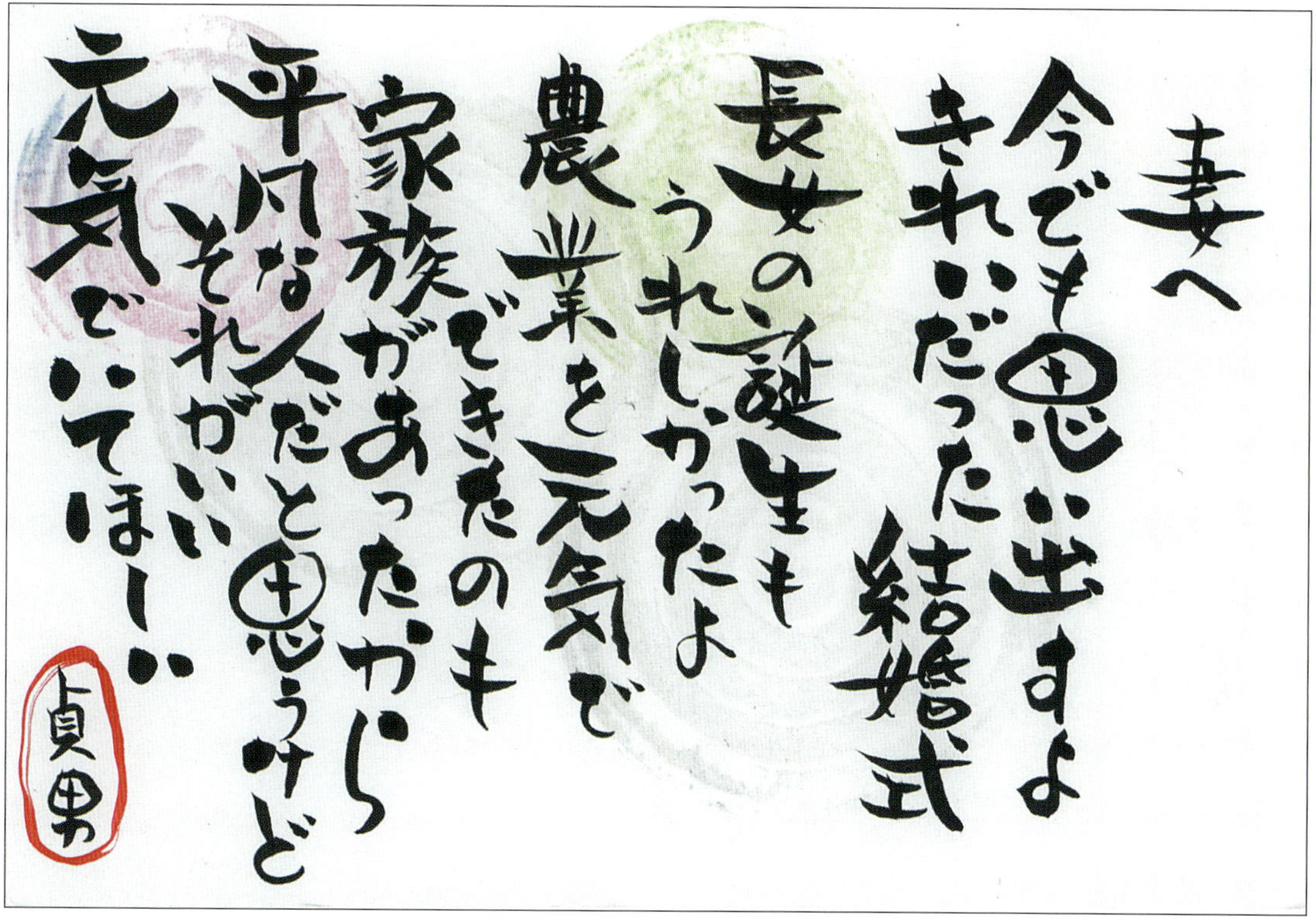
妻へ
今でも思い出すよ
きれいだった結婚式
長女の誕生も
うれしかったよ
農業を元気で
できたのも
家族があったから
平凡な人だと思うけど
それがいい
元気でいてほしい
貞男

夫から妻へ

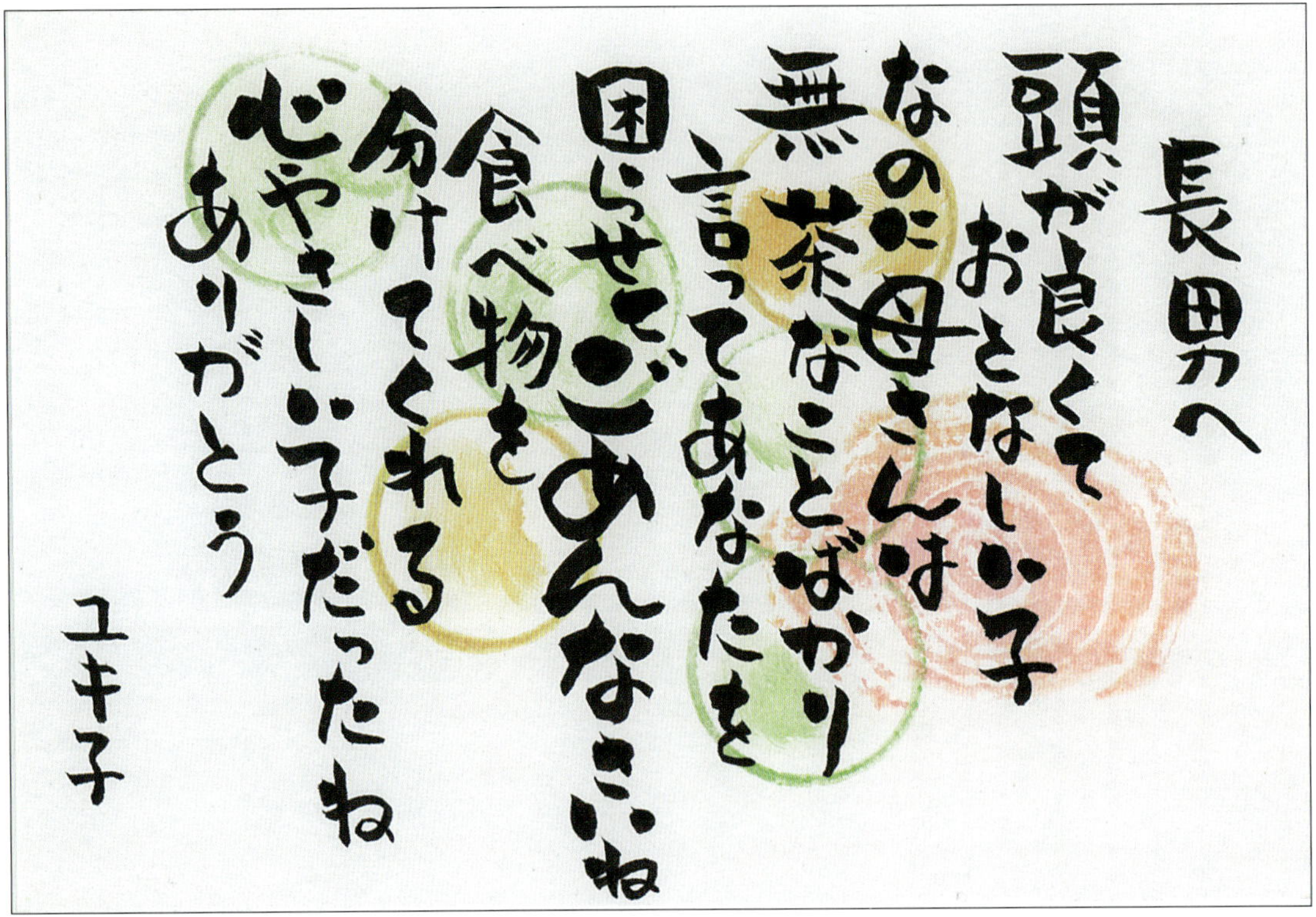
長男へ
頭が良くておとなしい子
なのに母さんは
無茶なことばかり
言ってあなたを
困らせてごめんなさいね
食べ物を
分けてくれる
心やさしい子だったね
ありがとう
ユキ子

母から長男へ

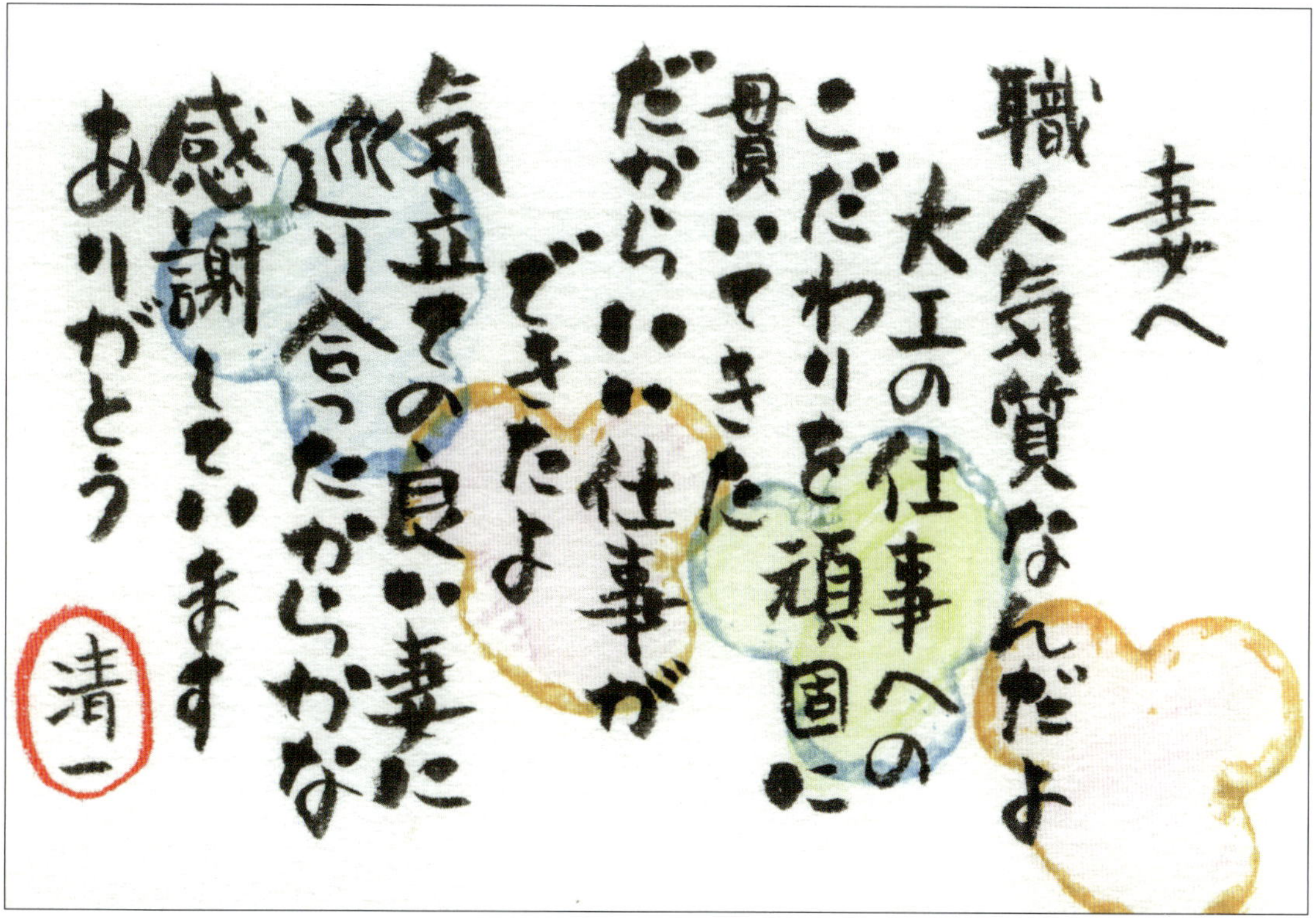
妻へ
職人気質なんだよ
大工の仕事への
こだわりを頑固に
貫いてきた
だからいい仕事が
できたよ
気立ての良い妻に
巡り合ったからかな
感謝しています
ありがとう
清一

夫から妻へ

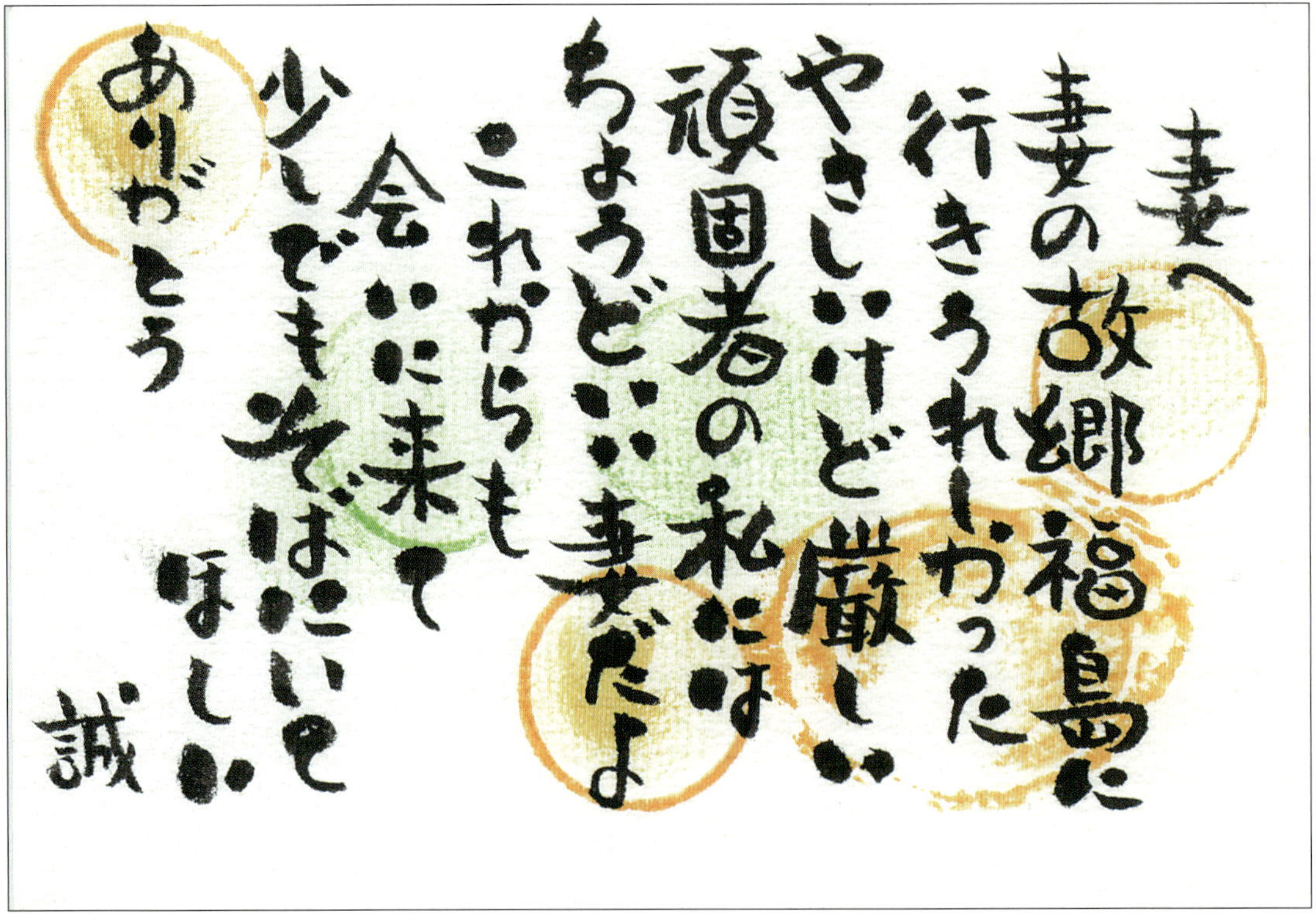
妻へ
妻の故郷福島に
行きうれしかった
やさしいけど厳しい
頑固者の私には
ちょうどいい妻だよ
これからも
会いに来て
少しでもそばにいてほしい
ありがとう
誠

夫から妻へ

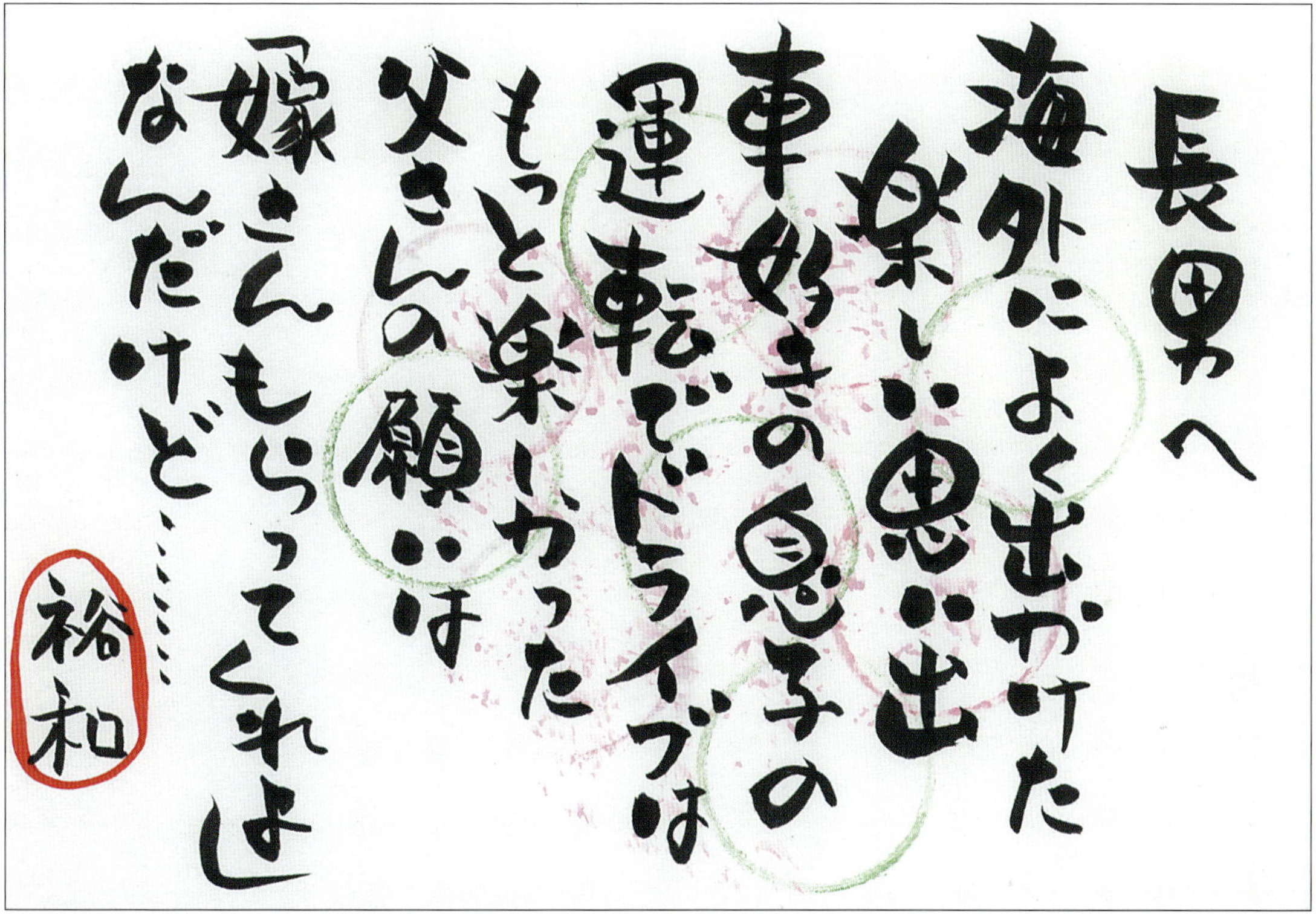

長男へ
海外によく出かけた
楽しい思い出
車好きの息子の
運転でドライブは
もっと楽しかった
父さんの願いは
「嫁さんもらってくれよ」
なんだけど……
裕和

父から長男へ

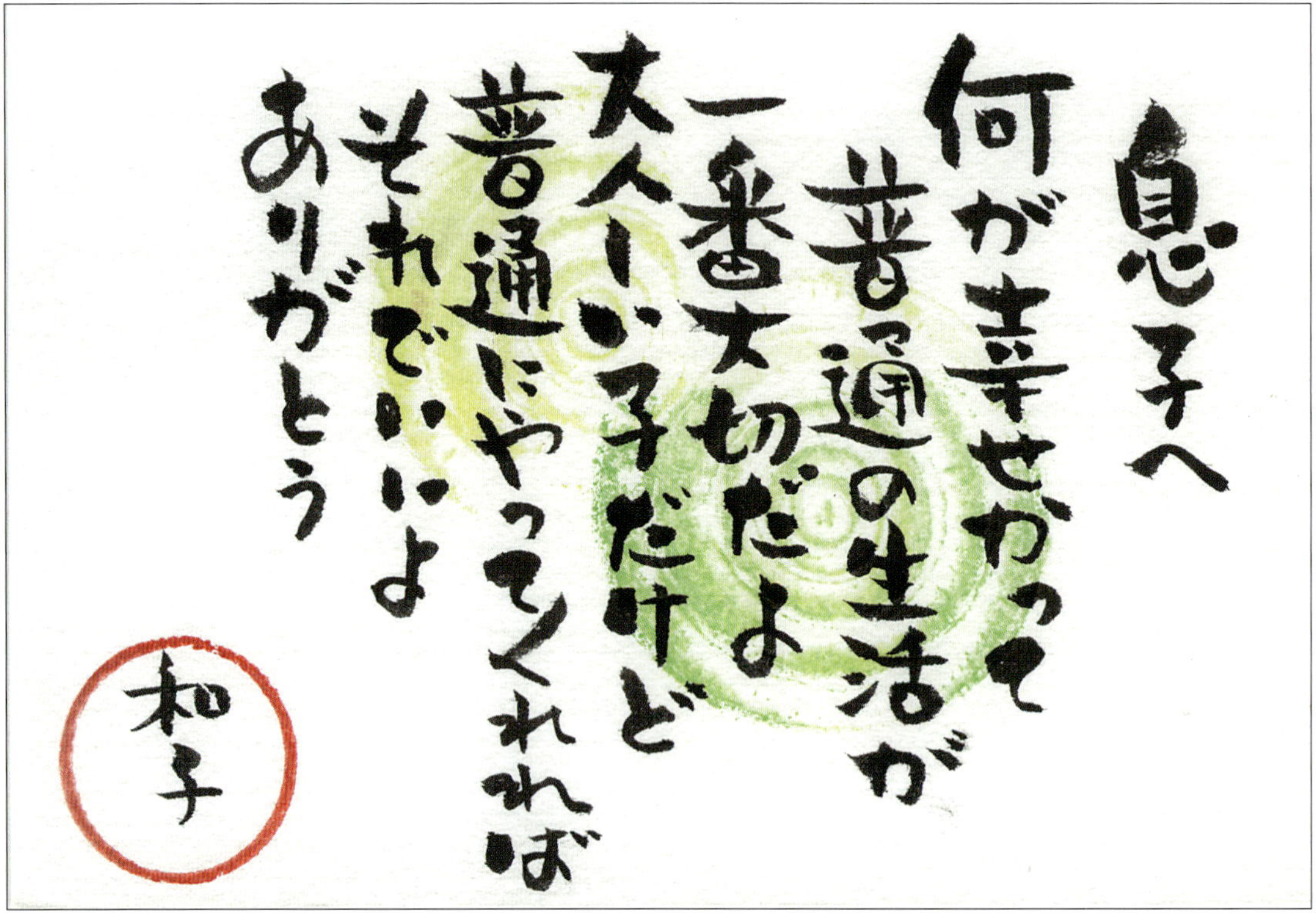
息子へ
何が幸せかって
普通の生活が
一番大切だよ
大人しい子だけど
普通にやってくれれば
それでいいよ
ありがとう
和子

母から息子へ

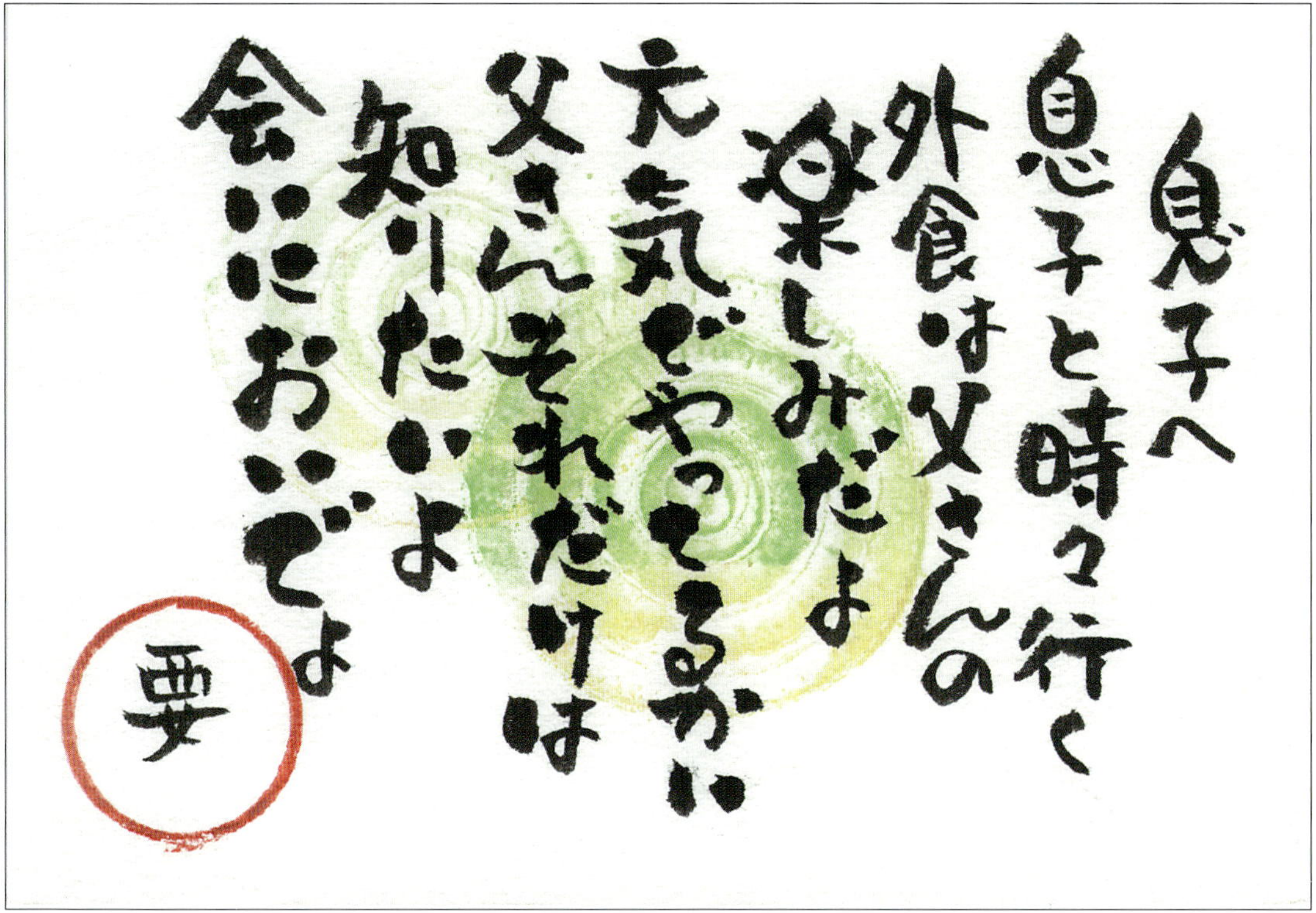
息子へ
息子と時々行く
外食は父さんの
楽しみだよ
元気でやってるかい
父さんそれだけは
知りたいよ
会いにおいでよ
要
父から息子へ

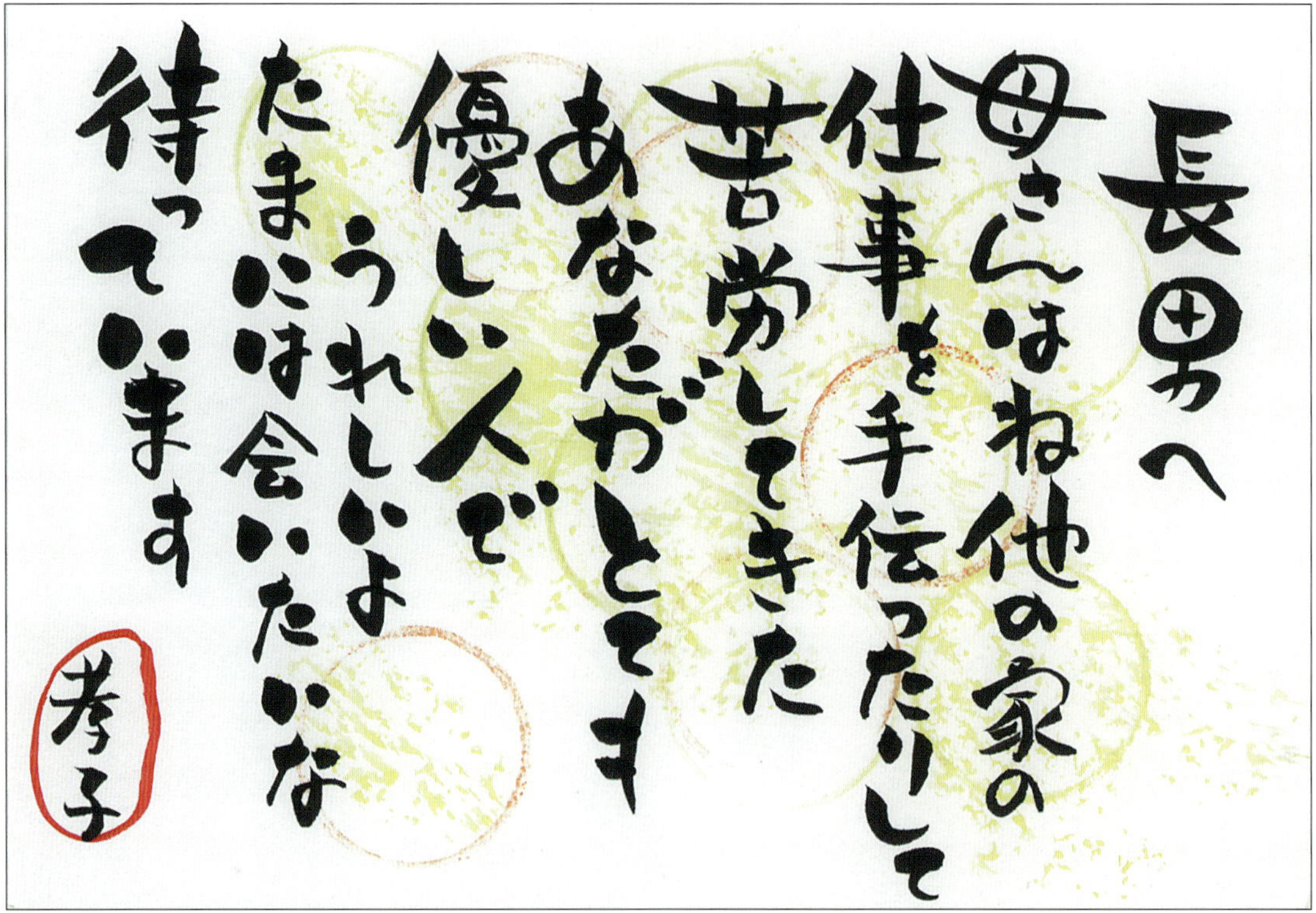
長男へ
母さんはね他の家の
仕事を手伝ったりして
苦労してきた
あなたがとても
優しい人で
うれしいよ
たまには会いたいな
待っています
孝子

母から長男へ

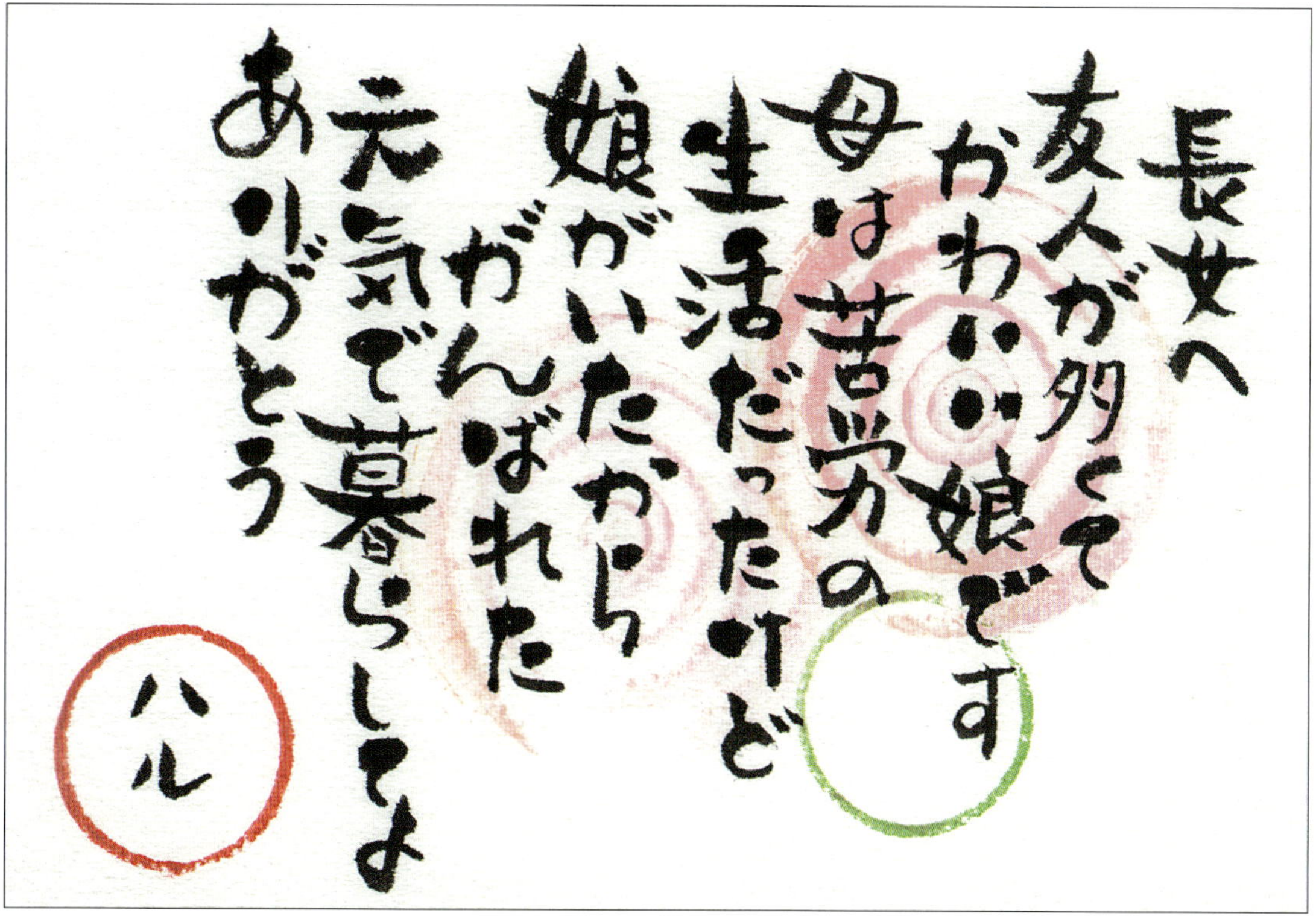
長女へ
友人が列くて
かわいい娘です
母は苦労の
生活だったけど
娘がいたから
がんばれた
元気で暮らしてよ
ありがとう
ハル

母から長女へ

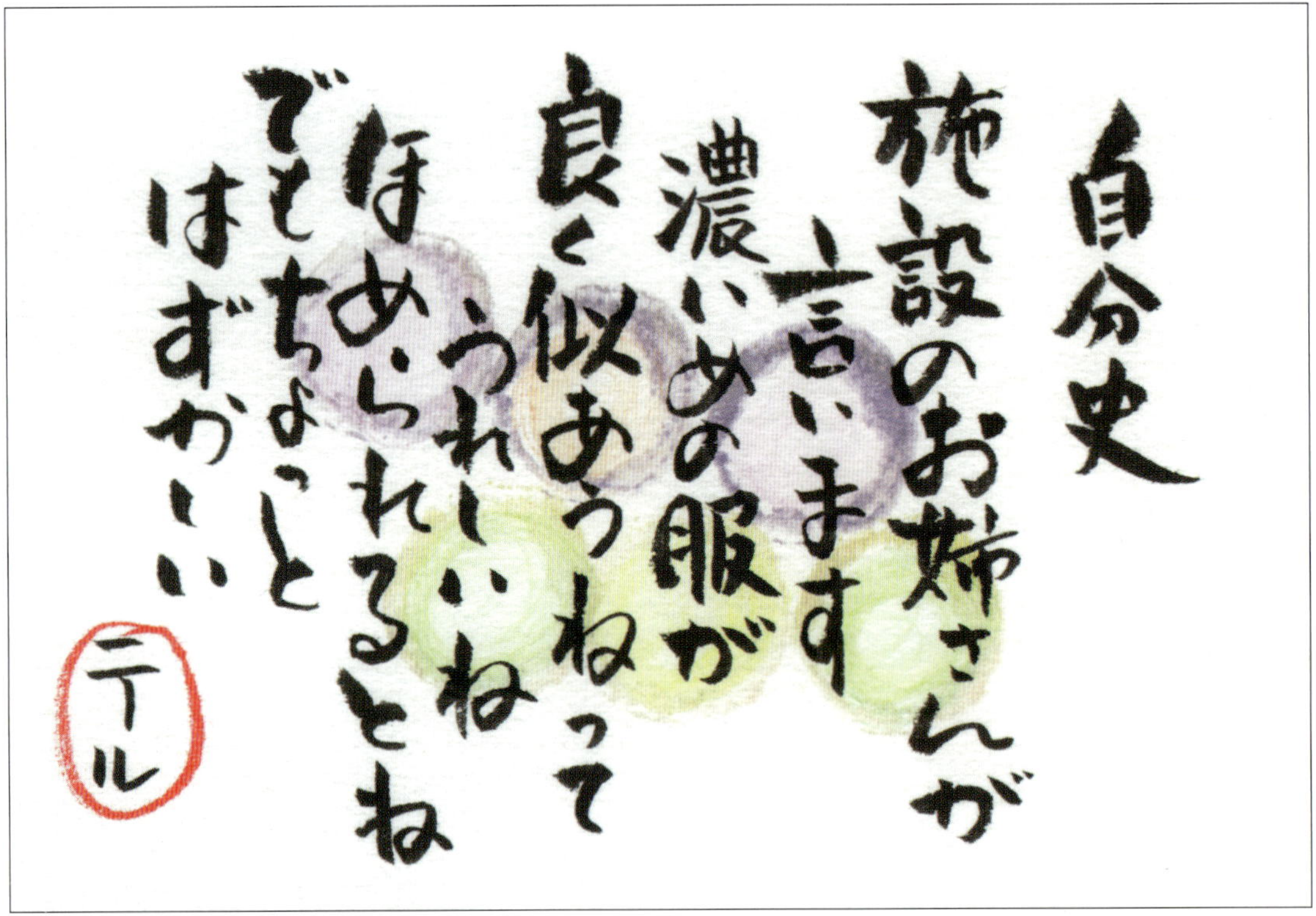
自分史
施設のお姉さんが
言います
濃いめの服が
良く似あうねって
うれしいね
ほめられるとね
でもちょっと
はずかしい
テル

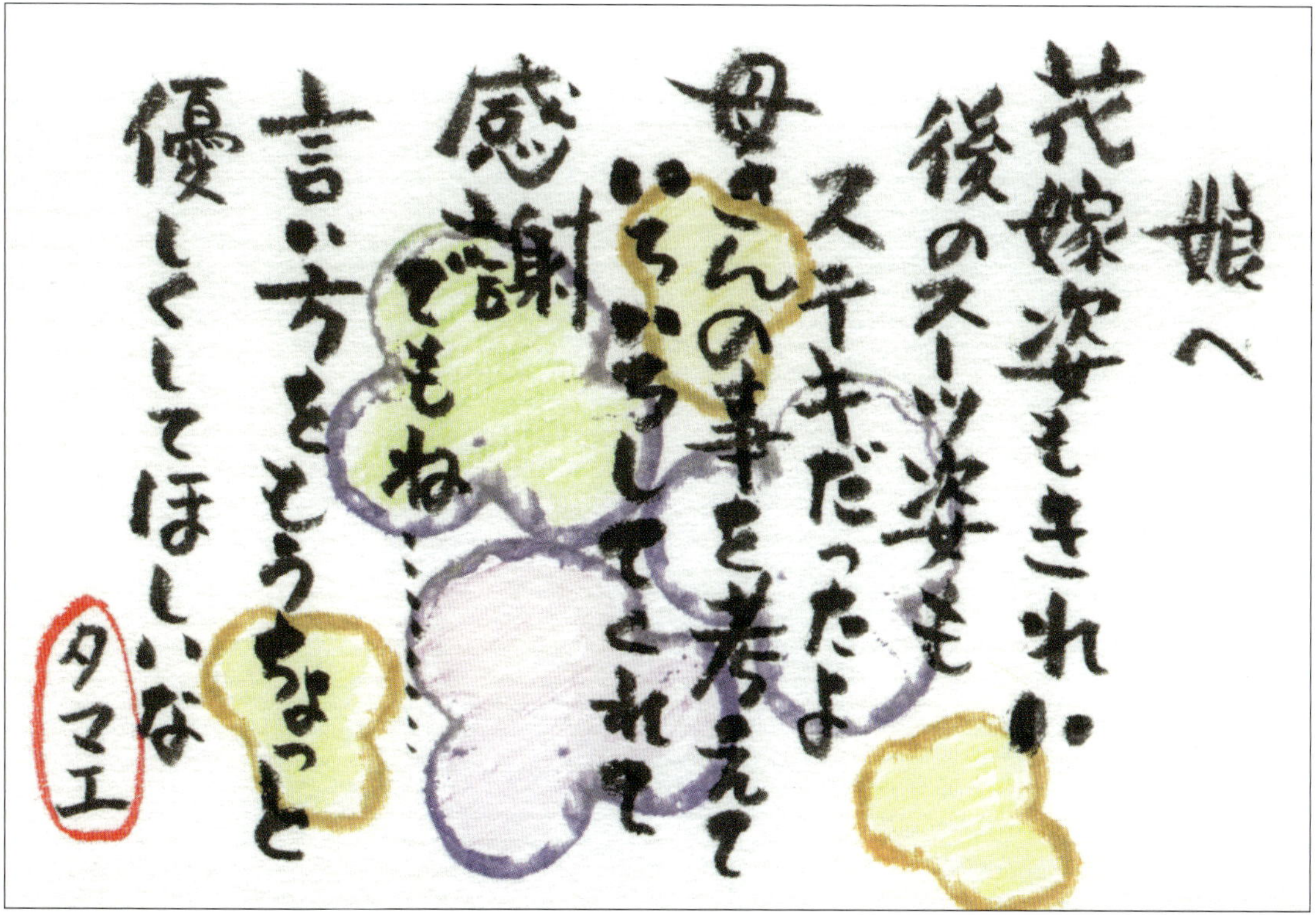
娘へ
花嫁姿もきれい
後のスーツ姿も
ステキだったよ
母さんの事を考えて
いちいちしてくれて
感謝でもね……
言い方をもうちょっと
優しくしてほしいな
タマエ

母から娘へ

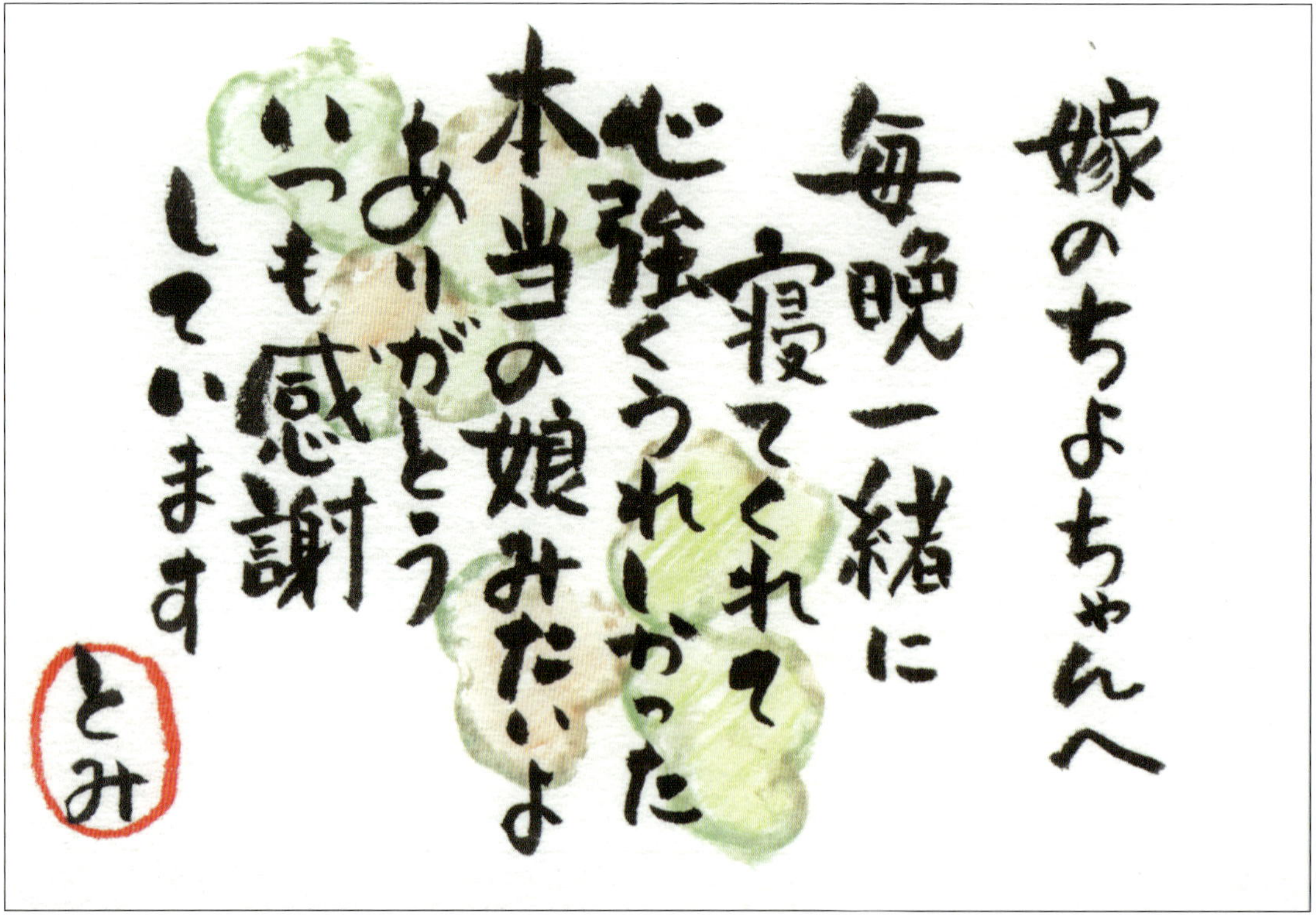
嫁のちよちゃんへ
毎晩一緒に
寝てくれて
心強くうれしかった
本当の娘みたいよ
ありがとう
いつも感謝
しています
とみ

義母からお嫁さんへ

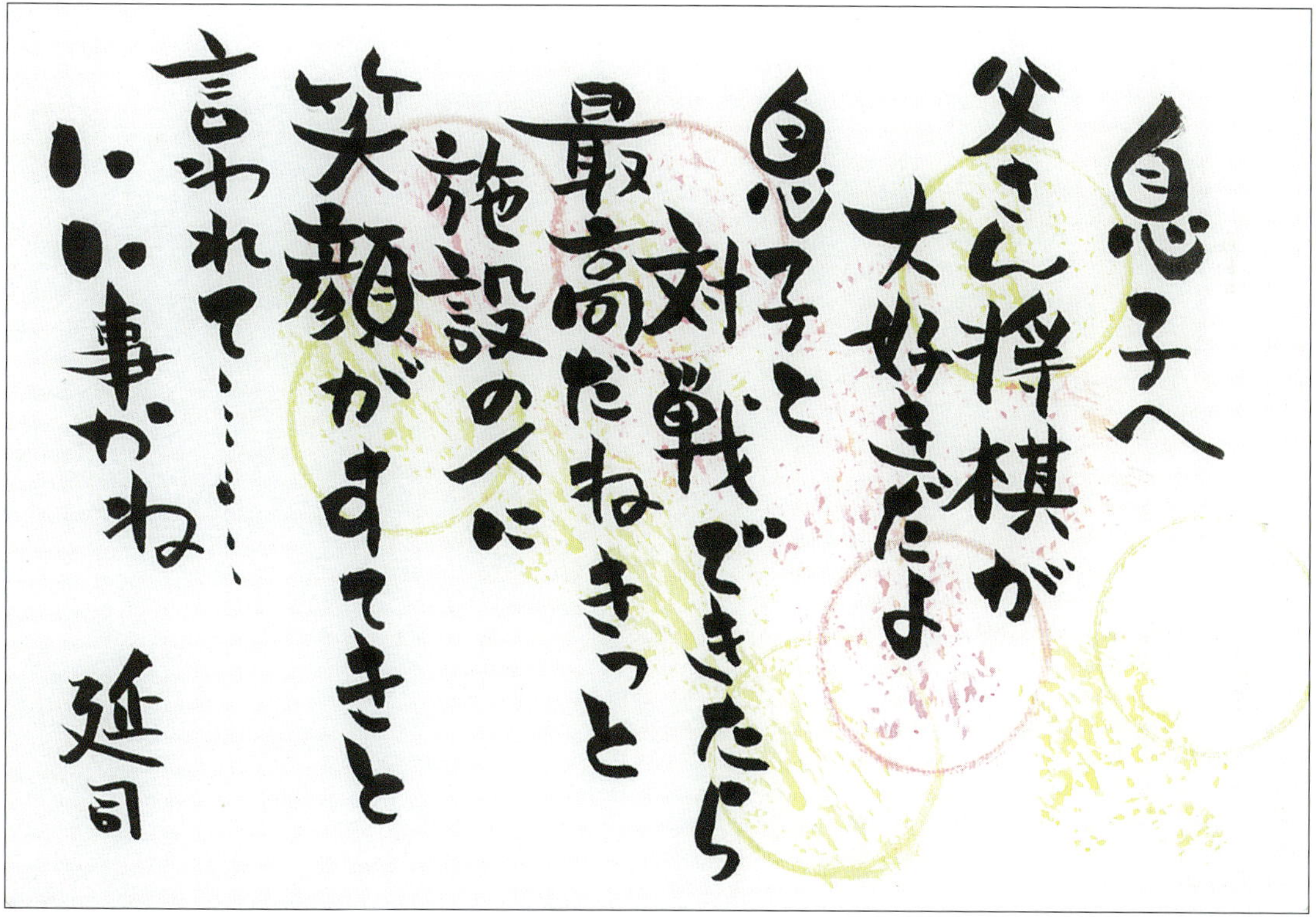
息子へ
父さん将棋が
大好きだよ
息子と対戦できたら
最高だねきっと
施設の人に
笑顔がすてきと
言われて……
いい事かね
延司

父から息子へ

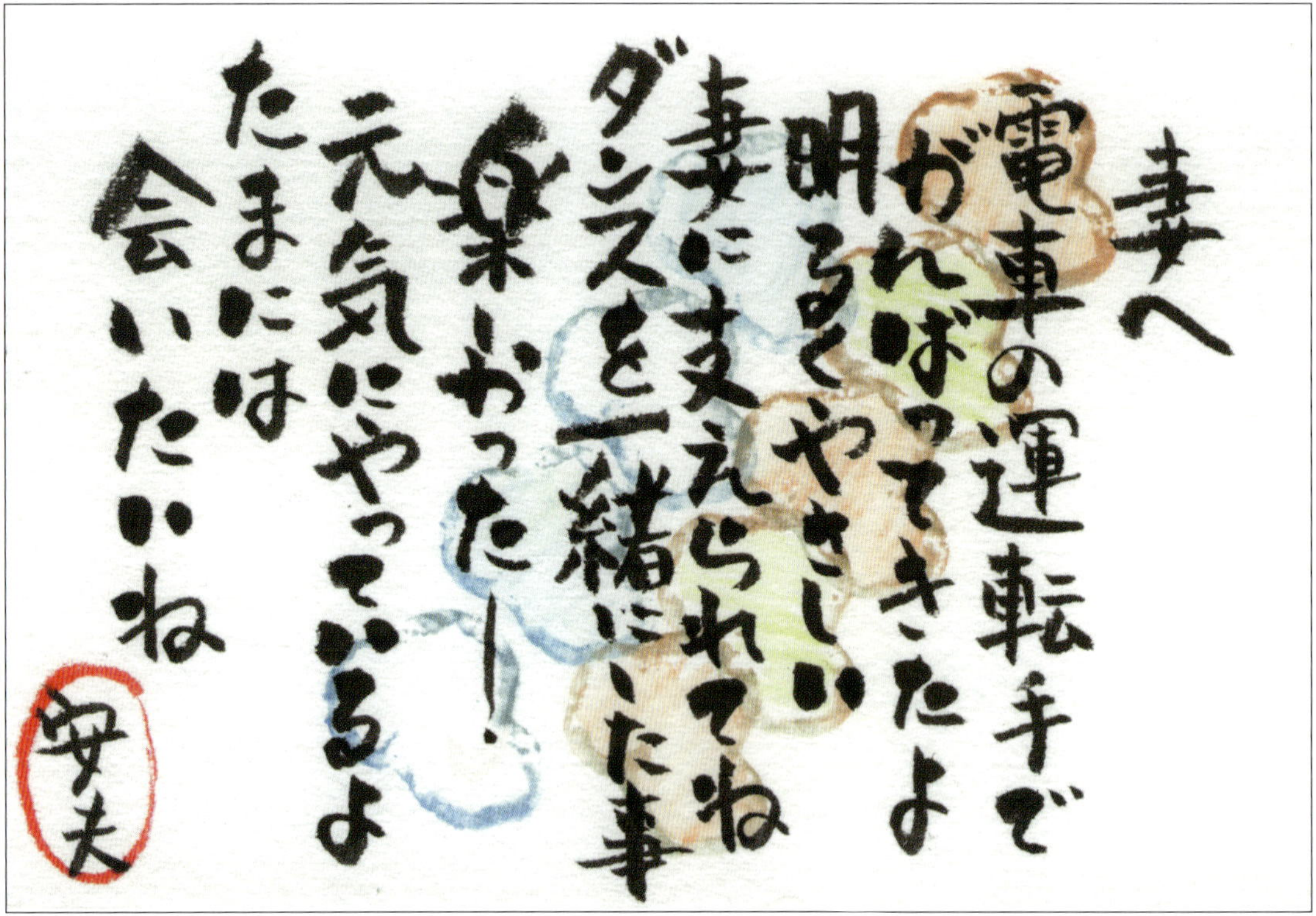
妻へ
電車の運転手で
がんばってきたよ
明るくやさしい
妻に支えられてね
ダンスを一緒にした事
楽しかったー！
元気にやってるよ
たまには
会いたいね
安夫

夫から妻へ

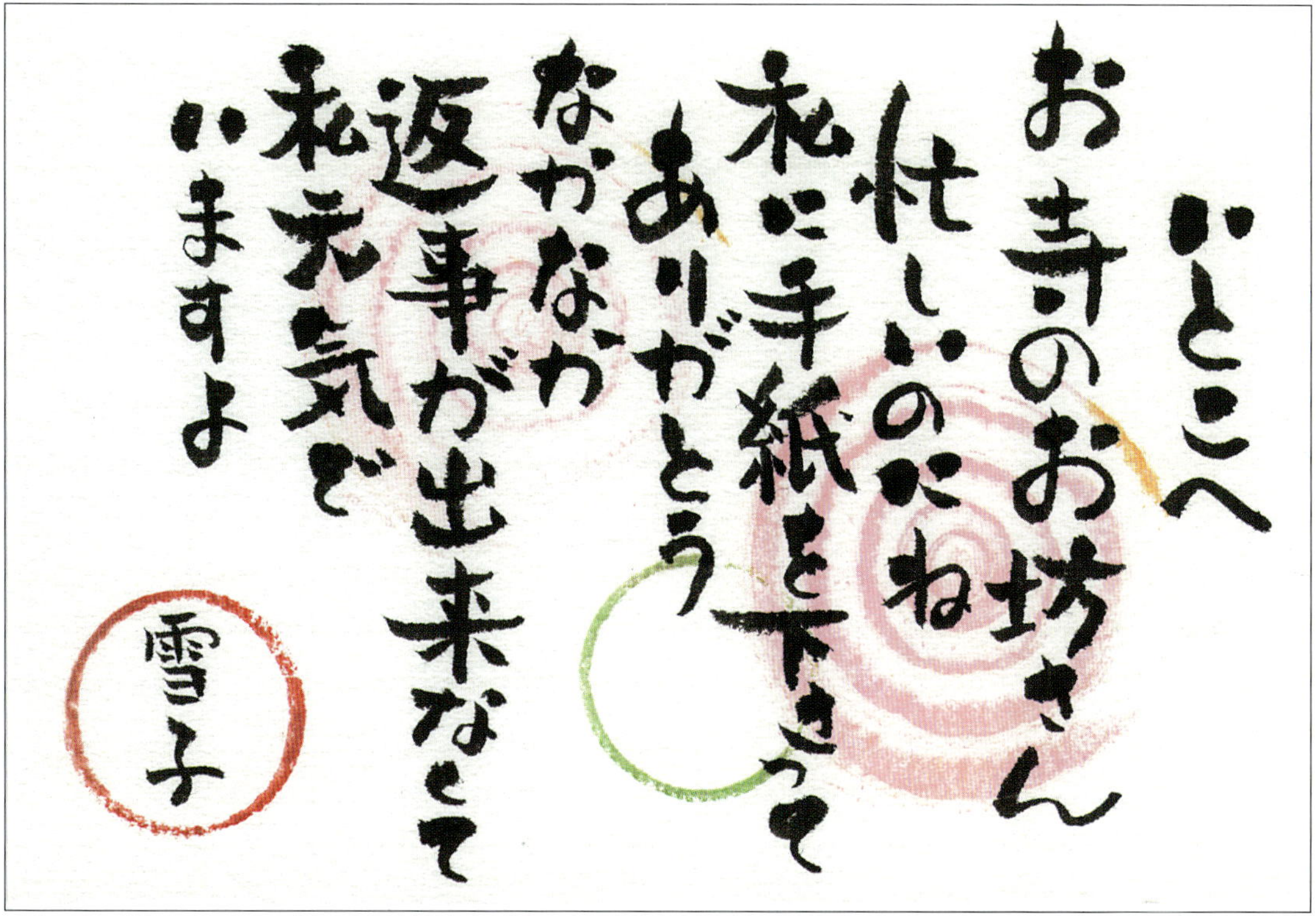
いとこへ
お寺のお坊さん
忙しいのにね
私に手紙を下さって
ありがとう
なかなか
返事が出来なくて
私元気で
いますよ
雪子

いとこへ

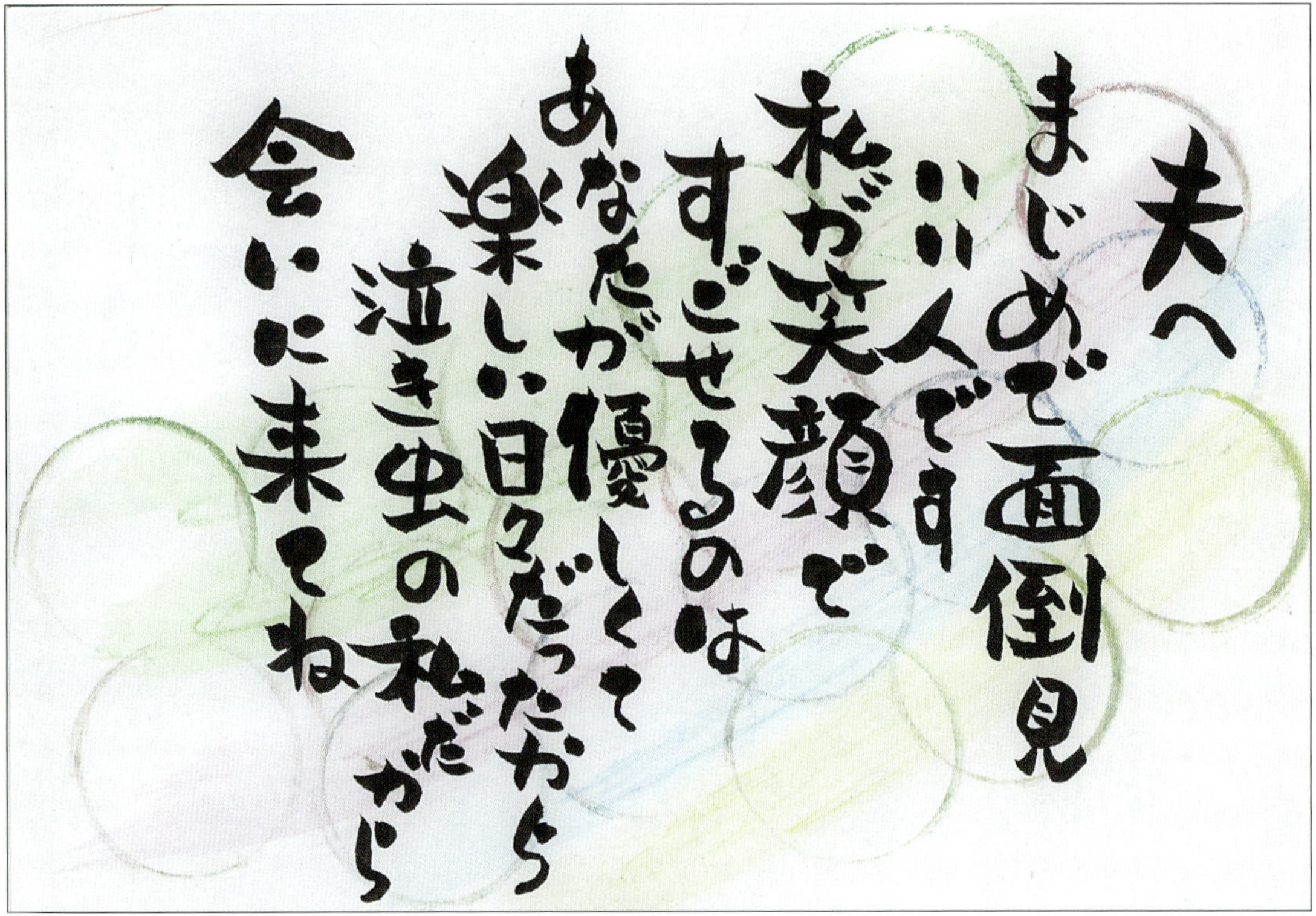
夫へ
まじめで面倒見
いい人です
私が笑顔で
すごせるのは
あなたが優しくて
楽しい日々だったから
泣き虫の私だから
会いに来てね

妻から夫へ

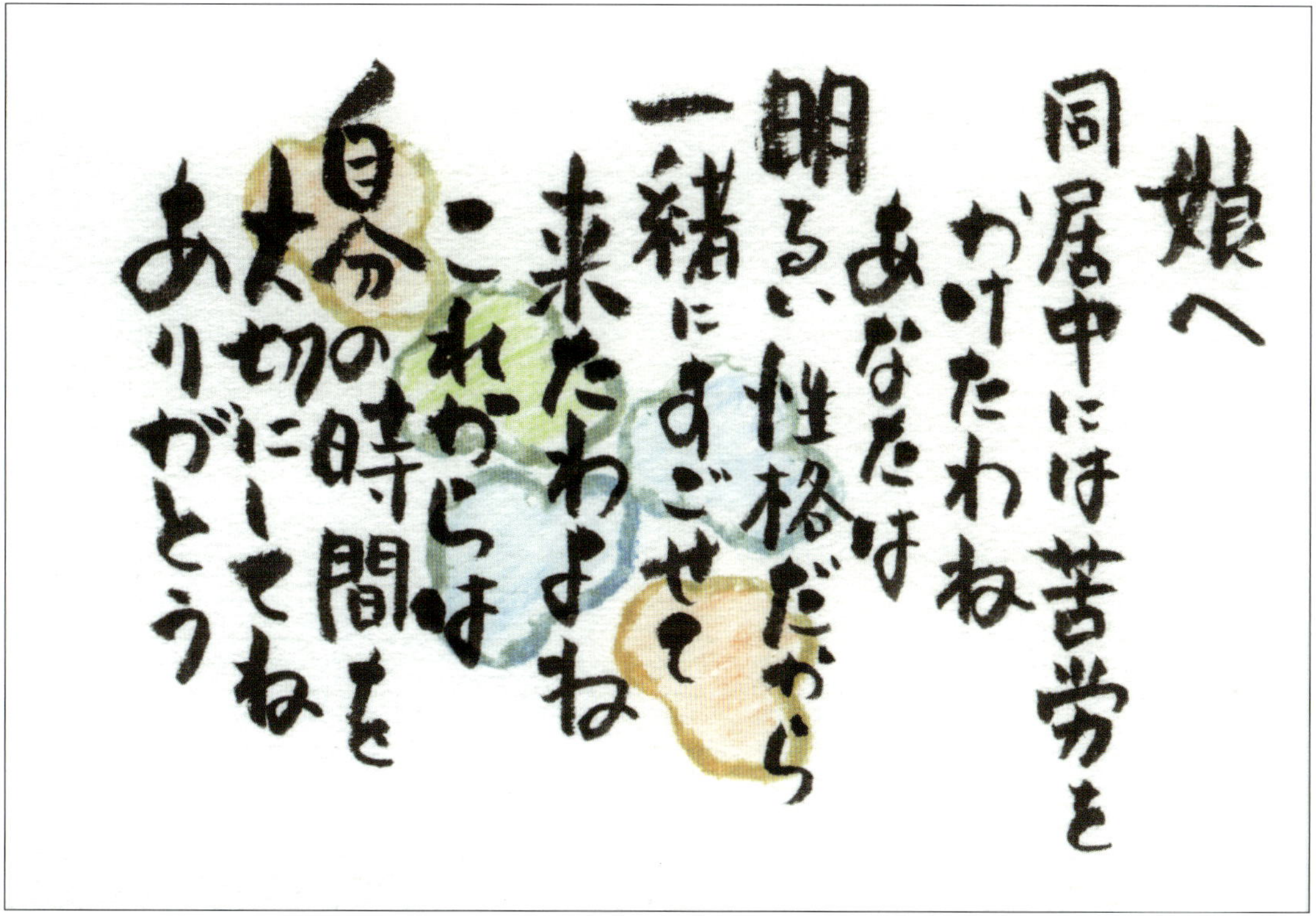
娘へ
同居中には苦労を
かけたわね
あなたは
明るい性格だから
一緒にすごせて
来たわよね
これからは
自分の時間を
大切にしてね
ありがとう

母から娘へ

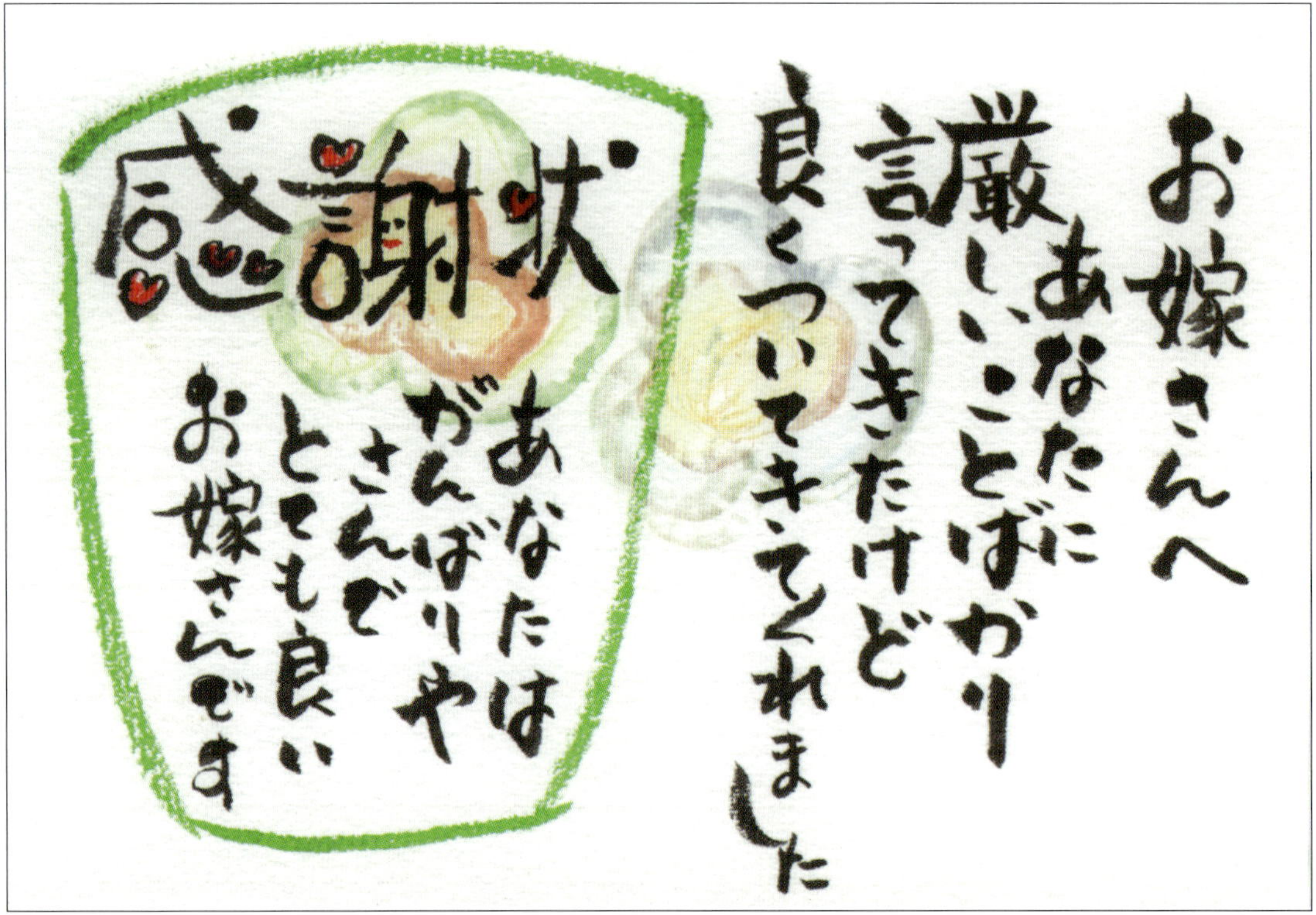
お嫁さんへ
あなたに
厳しいことばかり
言ってきたけど
良くついてきてくれました
感謝状
あなたは
がんばりや
さんで
とても良い
お嫁さんです

義母からお嫁さんへ

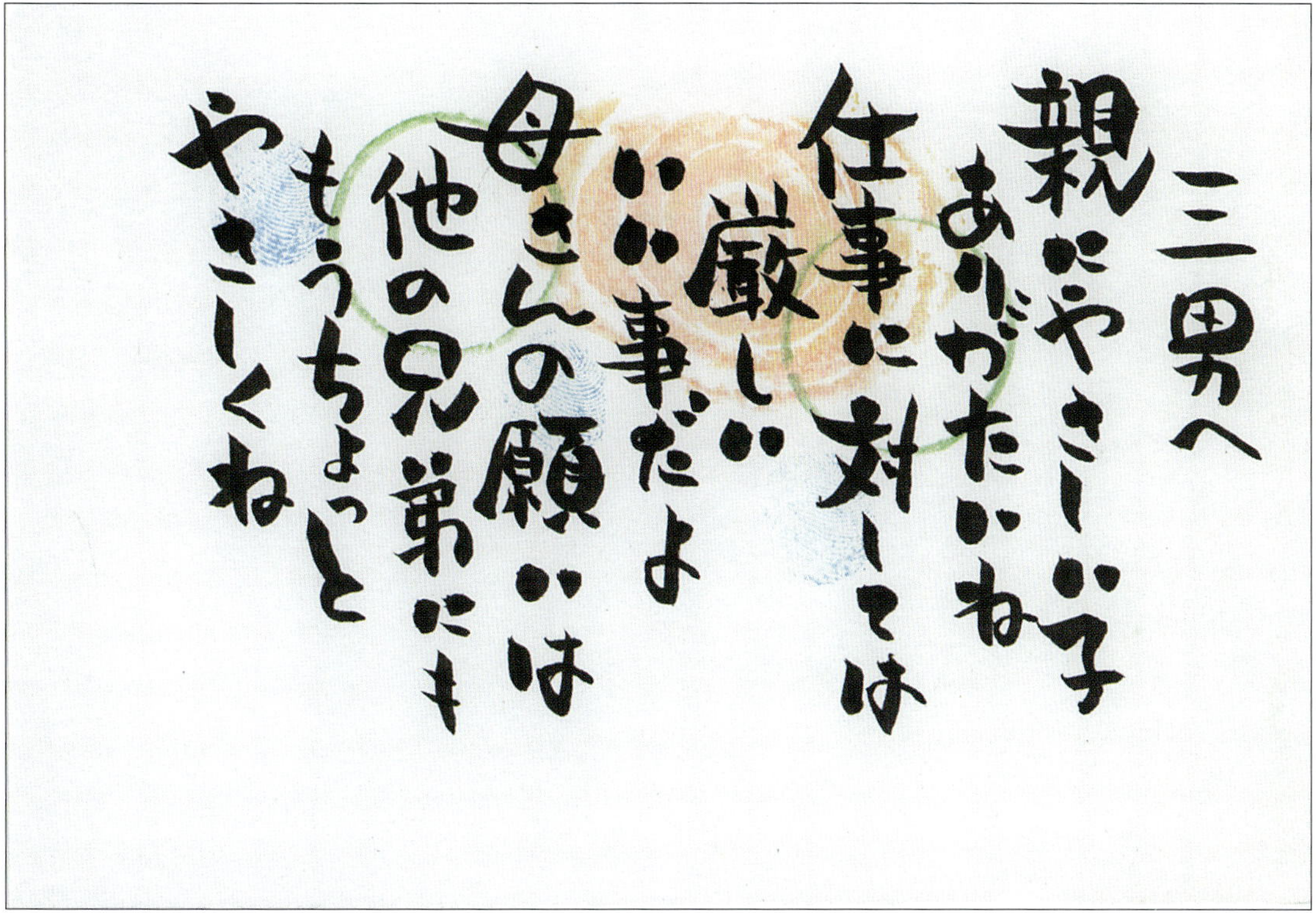
三男へ
親にやさしい子
ありがたいね
仕事に対しては
厳しい
いい事だよ
母さんの願いは
他の兄弟にも
もうちょっと
やさしくね

母から三男へ

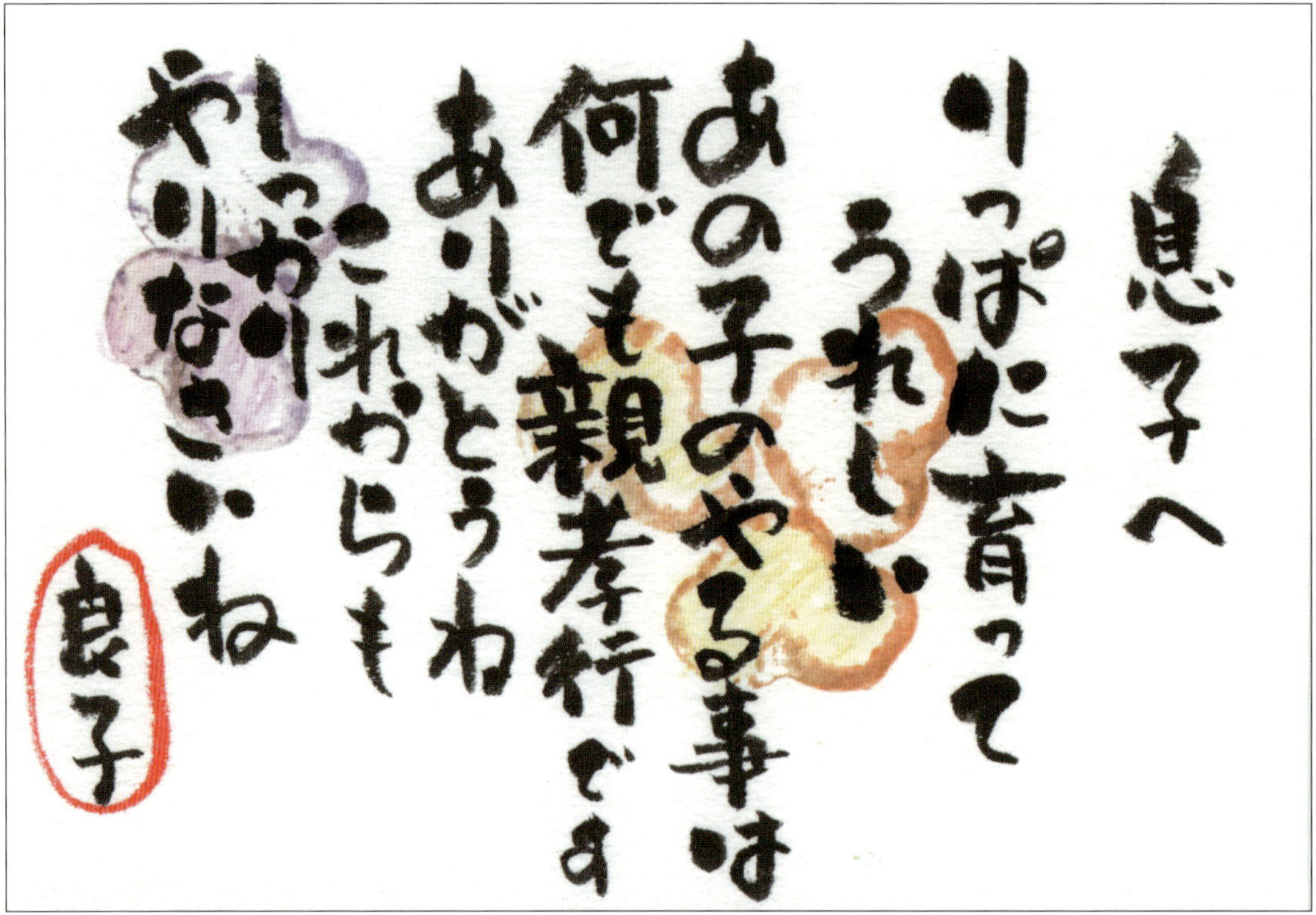
息子へ
りっぱに育って
うれしい
あの子のやる事は
何でも親孝行です
ありがとうね
これからも
しっかり
やりなさいね
息子

母から息子へ

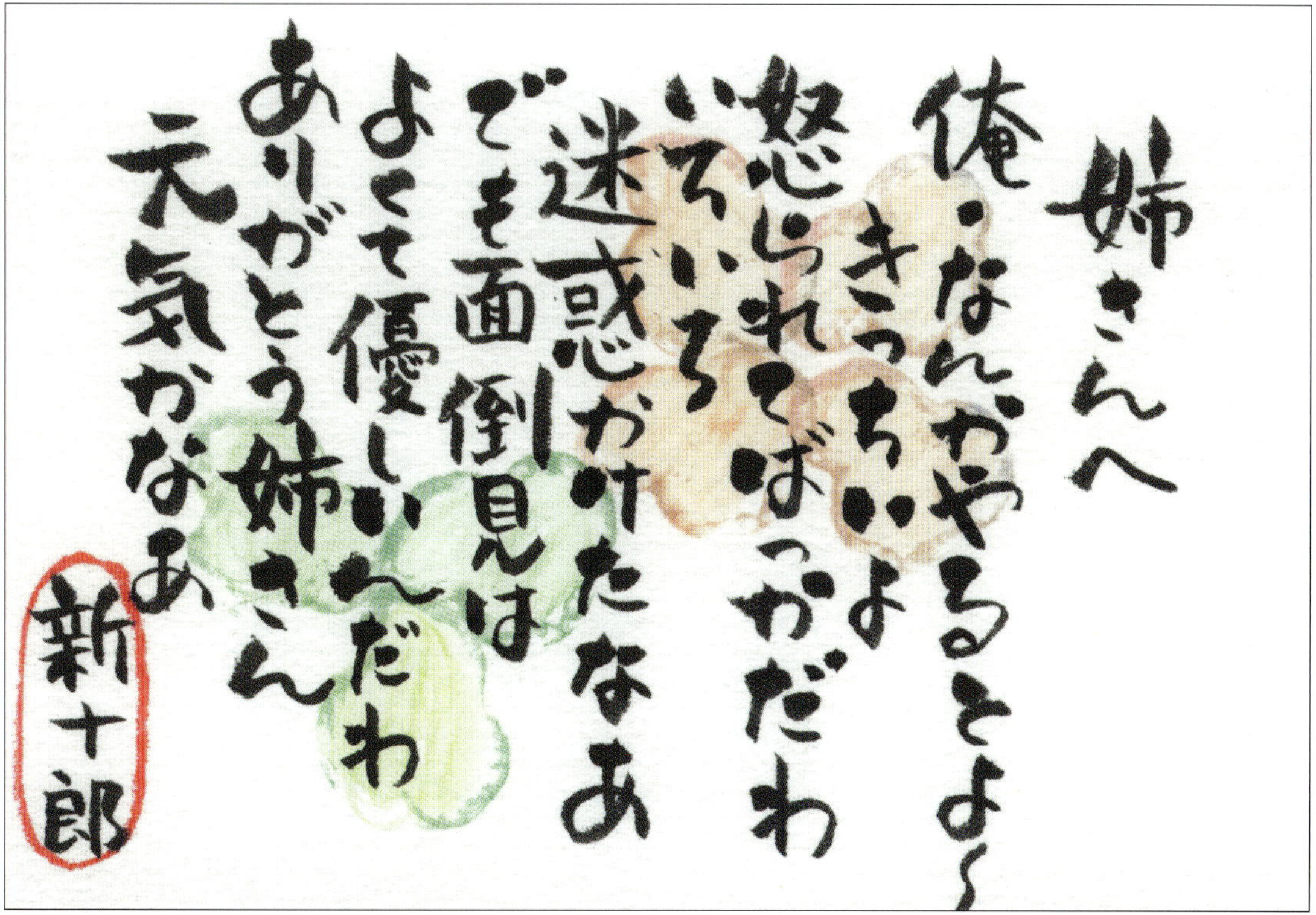
姉さんへ
俺・なんかやるとよ～
きっちいよ
怒られてばっかだわ
いろいろ
迷惑かけたなあ
でも面倒見は
よくて優しいんだわ
ありがとう姉さん
元気かなあ
新十郎

弟から姉へ

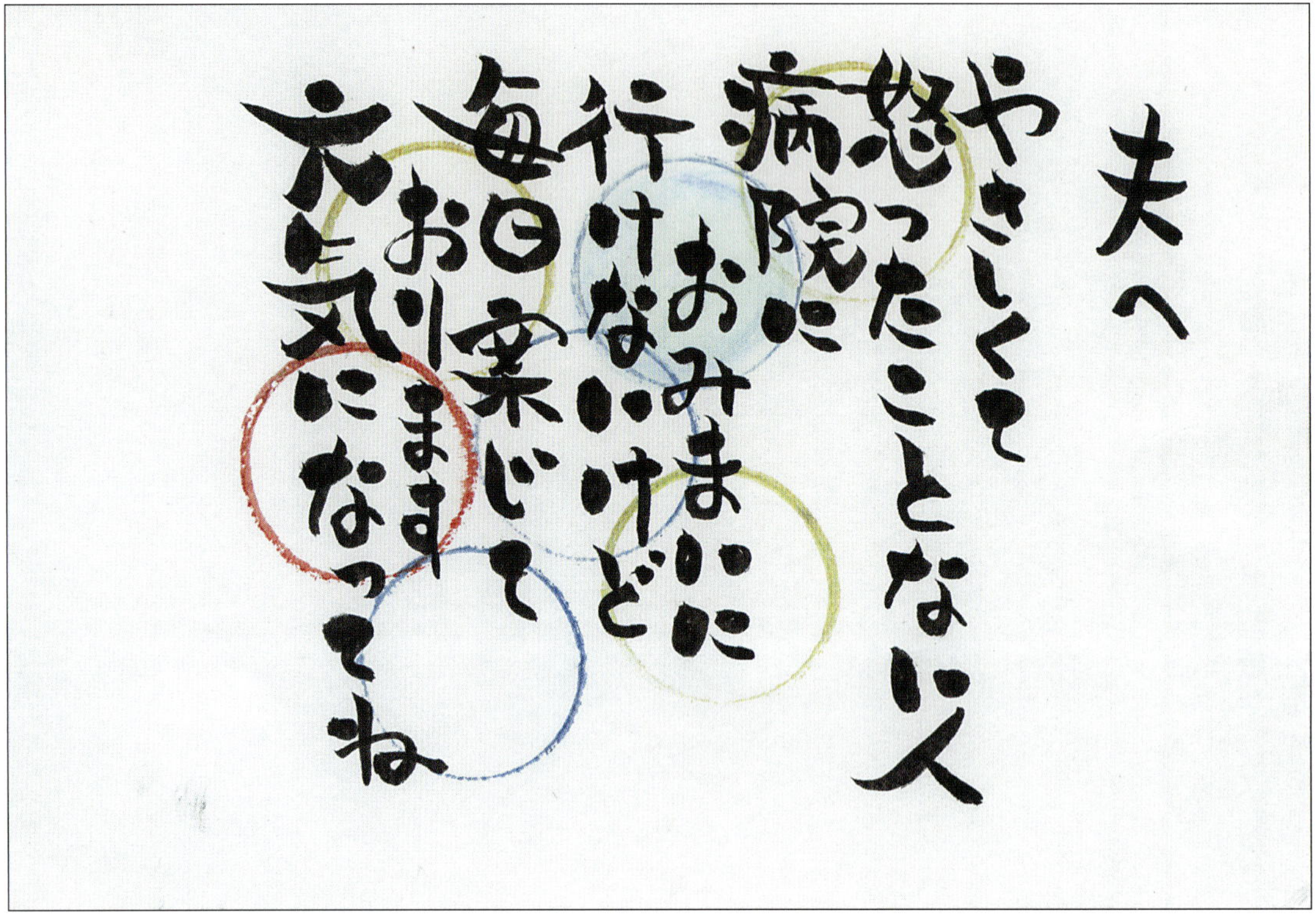

妻から夫へ

＼こんなボランティアも／

ゆかたでファッションショー

車イスの方でも２～３分で着用できる
ゆかたを考案して、楽しんでいただきました。
まずは下から身に着けます。
上を羽織って、シンプルにした帯をしめて
できあがりです。　　　　　（平成 25 年頃）

ごじょうのさと

五条の里

ご縁に感謝
尽力で敬愛を示し
謙虚に
寄りそって
生まれ出る
のどかな流れに
里人が集う

や

ご　じ　よ　う　の　さ　と

五条の里は
人生の旅の
拠りどころ
後から手を
のばし
さり気なく寄りそい
共に歩く里人と

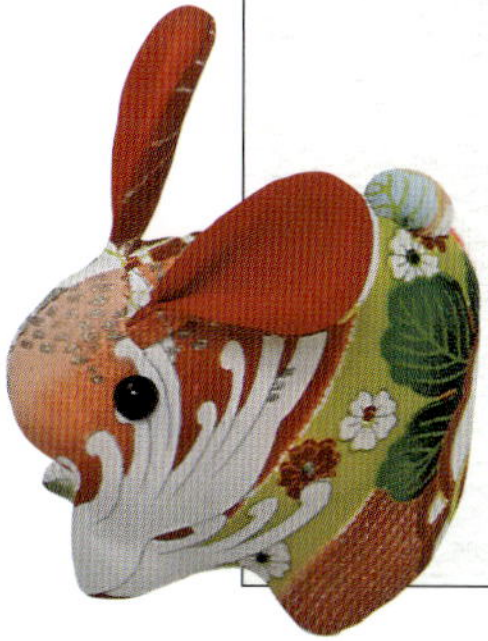

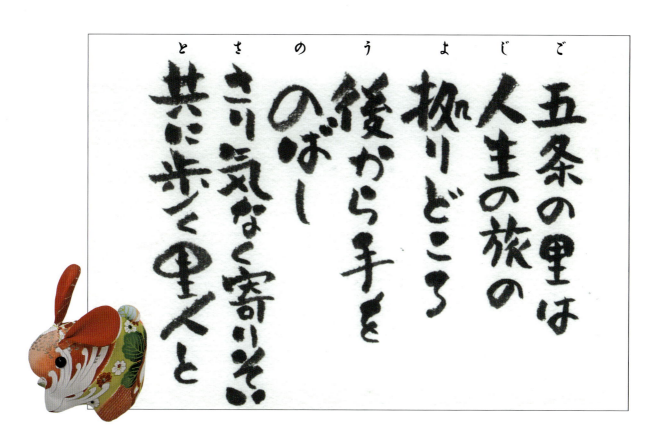

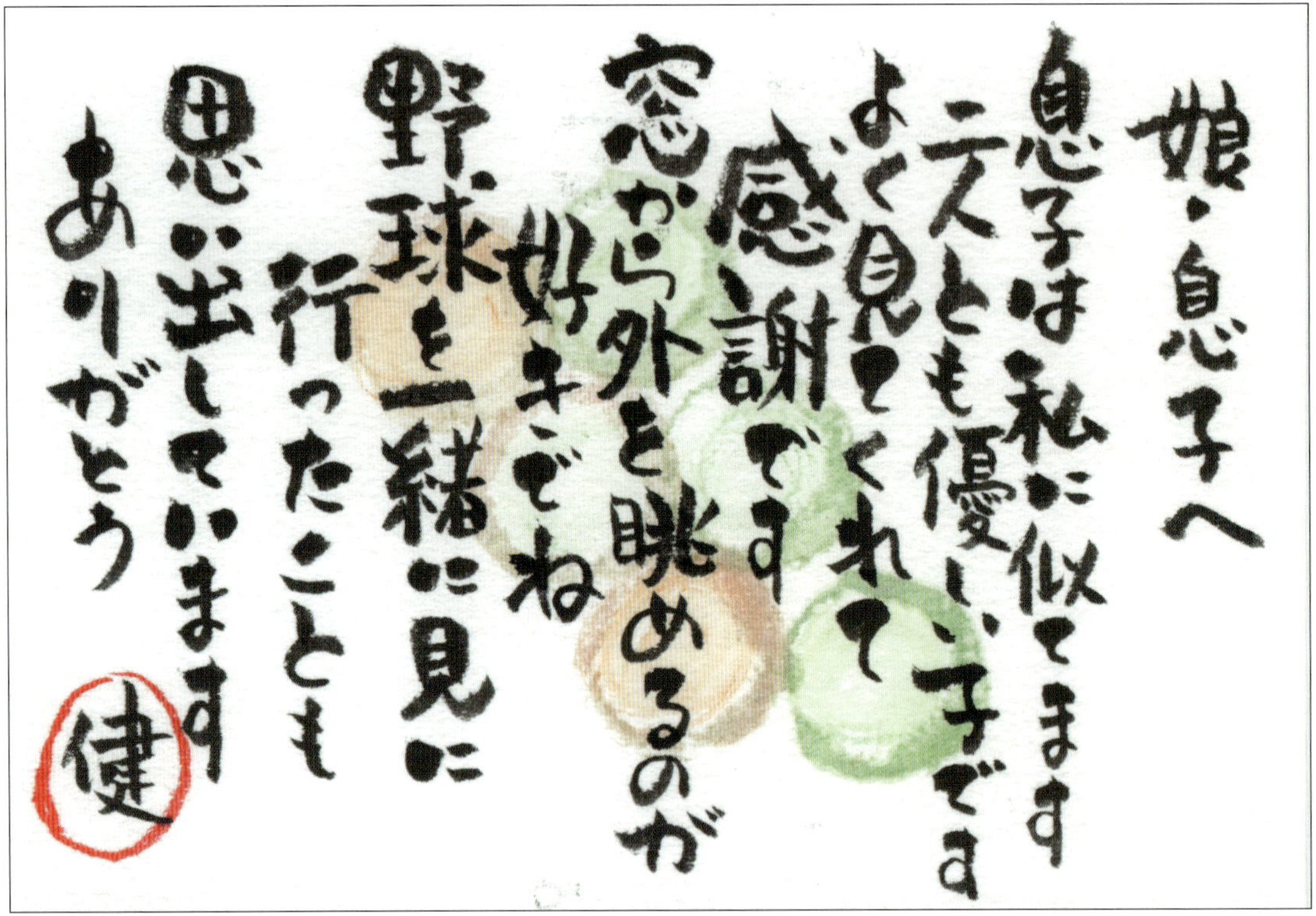
娘・息子へ
息子は私に似てます
二人とも優しい子です
よく見てくれて
感謝です
窓から外を眺めるのが
好きでね
野球を一緒に見に
行ったことも
思い出しています
ありがとう
健

父から娘と息子へ

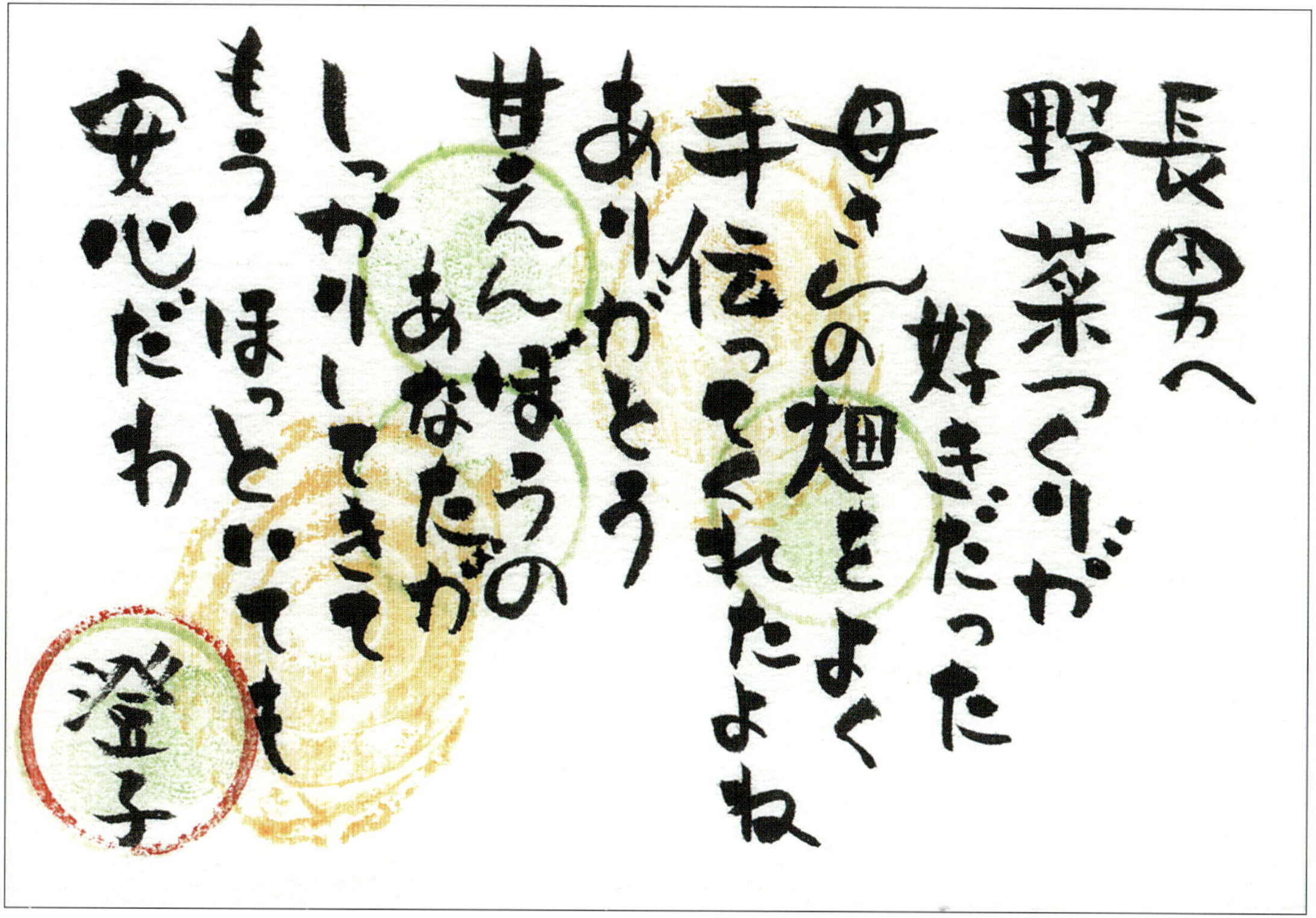
長男へ
野菜つくりが
好きだった
母さんの畑をよく
手伝ってくれたよね
ありがとう
甘えんぼうの
あなたが
しっかりしてきて
もう ほっといても
安心だわ
澄子

母から長男へ

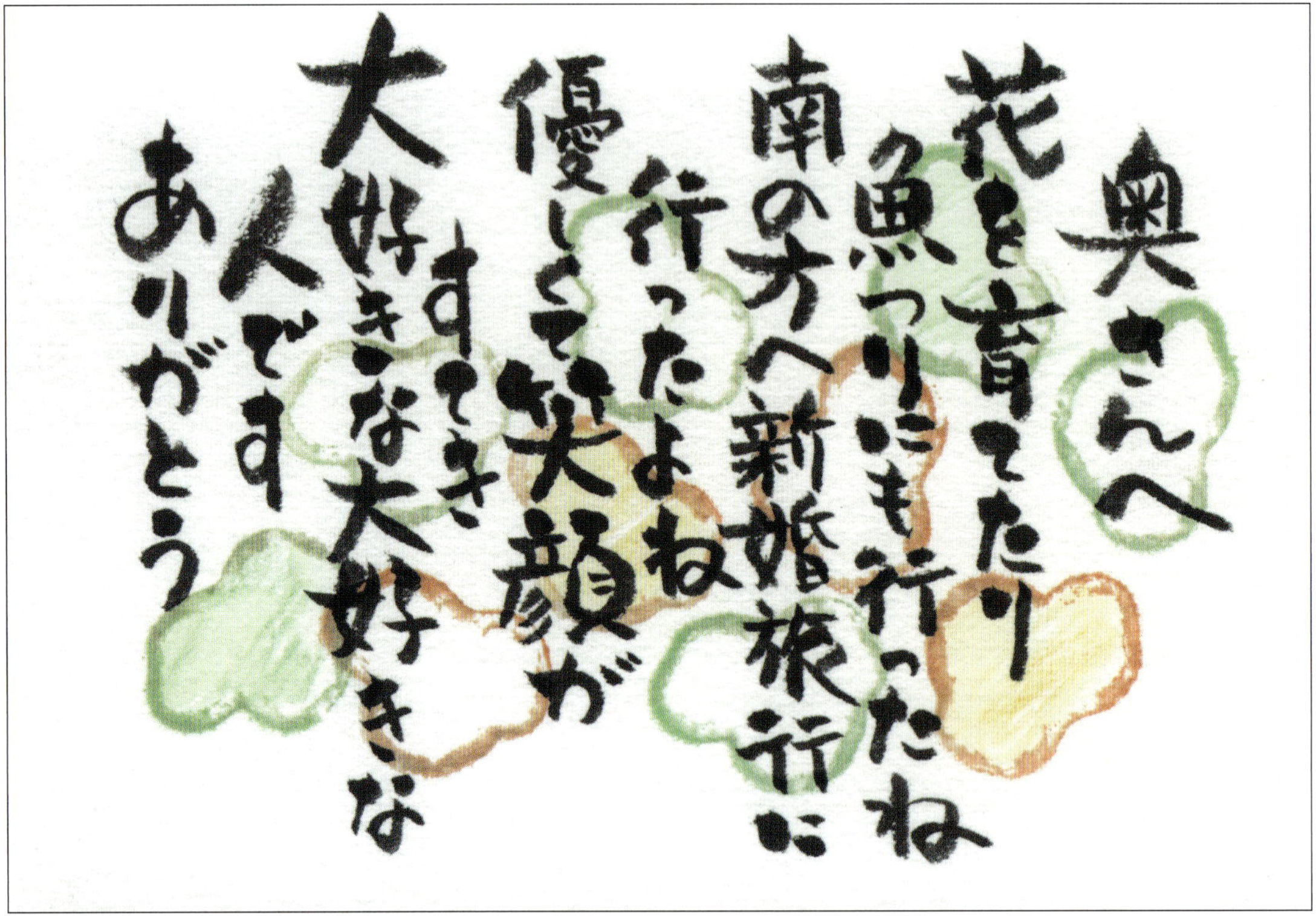
奥さんへ
花を育てたり
魚つりにも行ったね
南の方へ新婚旅行に
行ったよね
優しくて笑顔が
すてきな
大好きな大好きな
人です
ありがとう

夫から妻へ

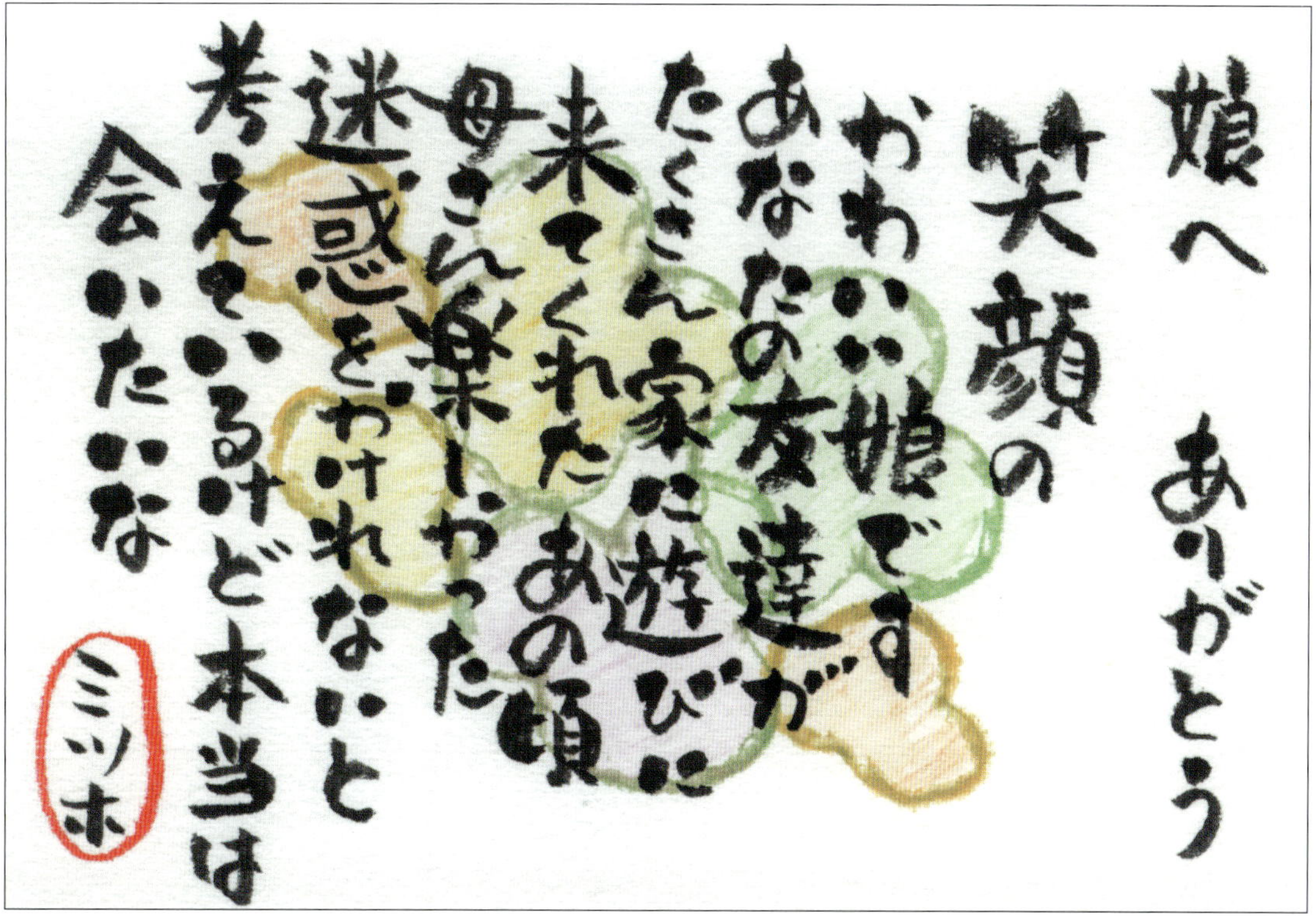
娘へ　ありがとう
笑顔の
かわいい娘です
あなたの友達が
たくさん家に遊びに
来てくれたあの頃
母さん楽しかった
迷惑をかけれないと
考えているけど本当は
会いたいな
ミツホ

母から娘へ

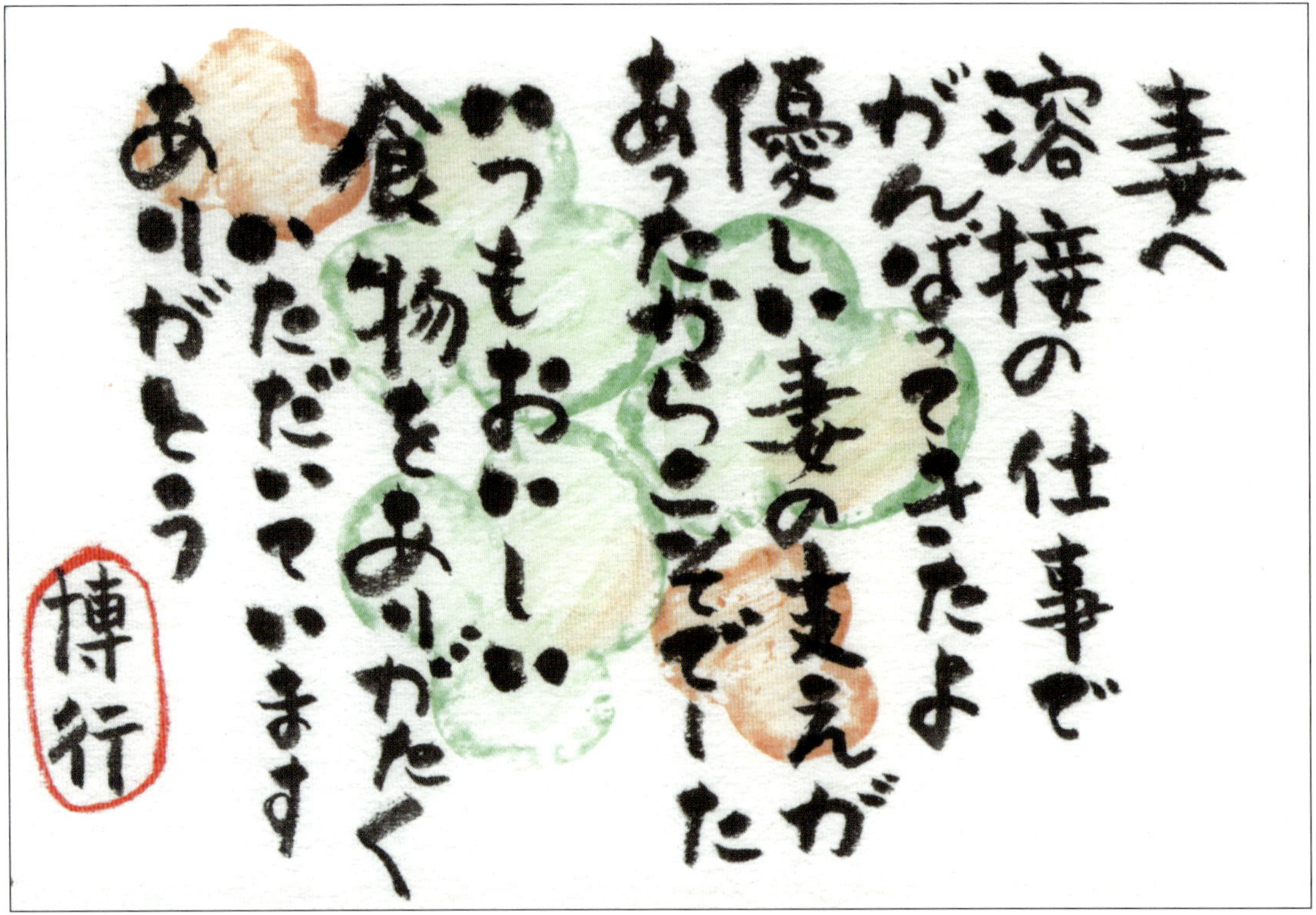
妻へ
溶接の仕事で
がんばってきたよ
優しい妻の支えが
あったからこそでした
いつもおいしい
食物をありがたく
いただいています
ありがとう
博行

夫から妻へ

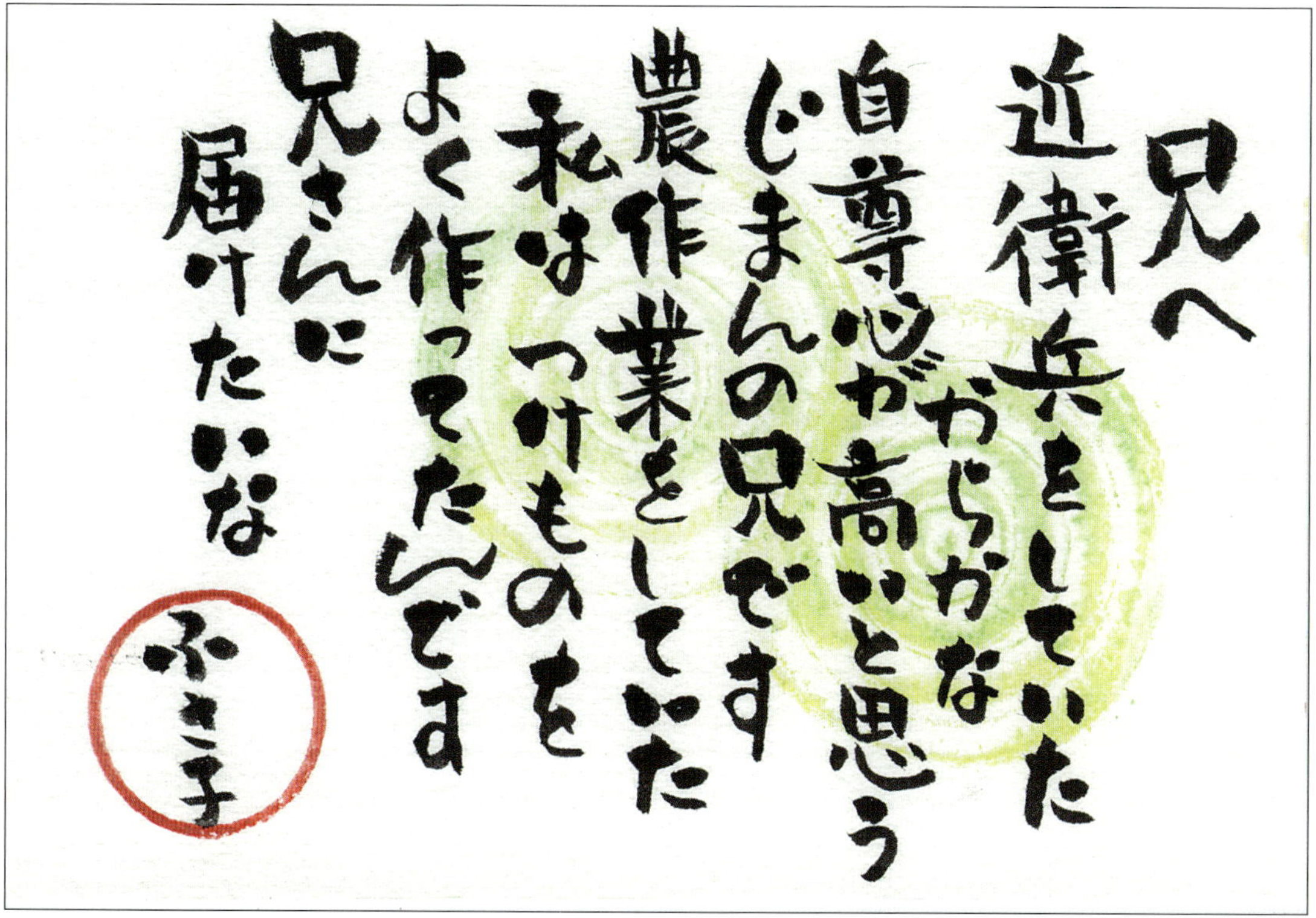
兄へ
近衛兵としていた
からかな
自尊心が高いと思う
じまんの兄です
農作業をしていた
私はつけものを
よく作ってたんです
兄さんに
届けたいな
ふさ子

妹から兄へ

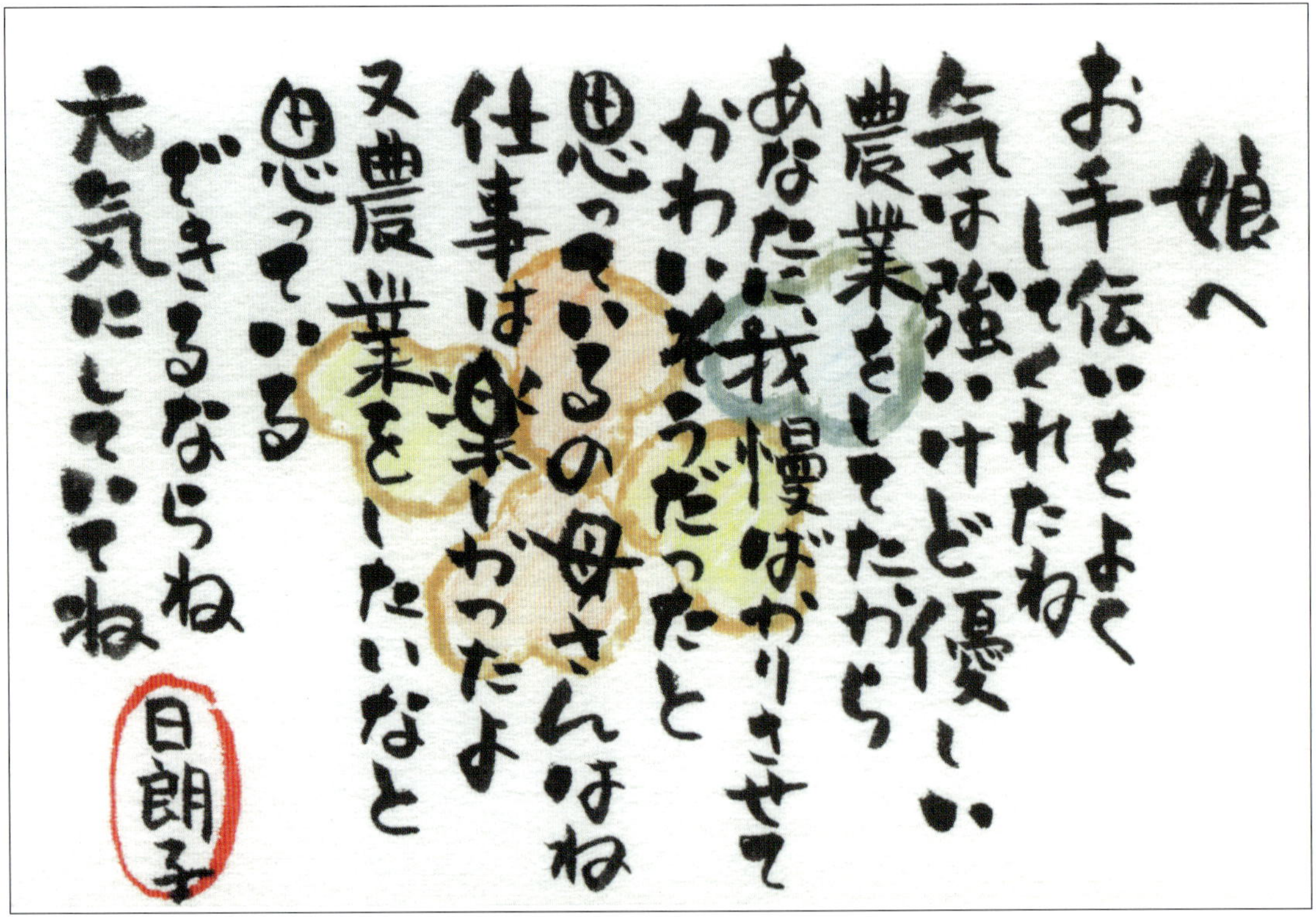
娘へ
お手伝いをよく
してくれたね
気は強いけど優しい
農業をしてたから
あなた、我慢ばかりさせて
かわいそうだったと
思っているの母さんはね
仕事は楽しかったよ
又農業をしたいなと
思っている
できるならね
元気にしていてね
日朗子

母から娘へ

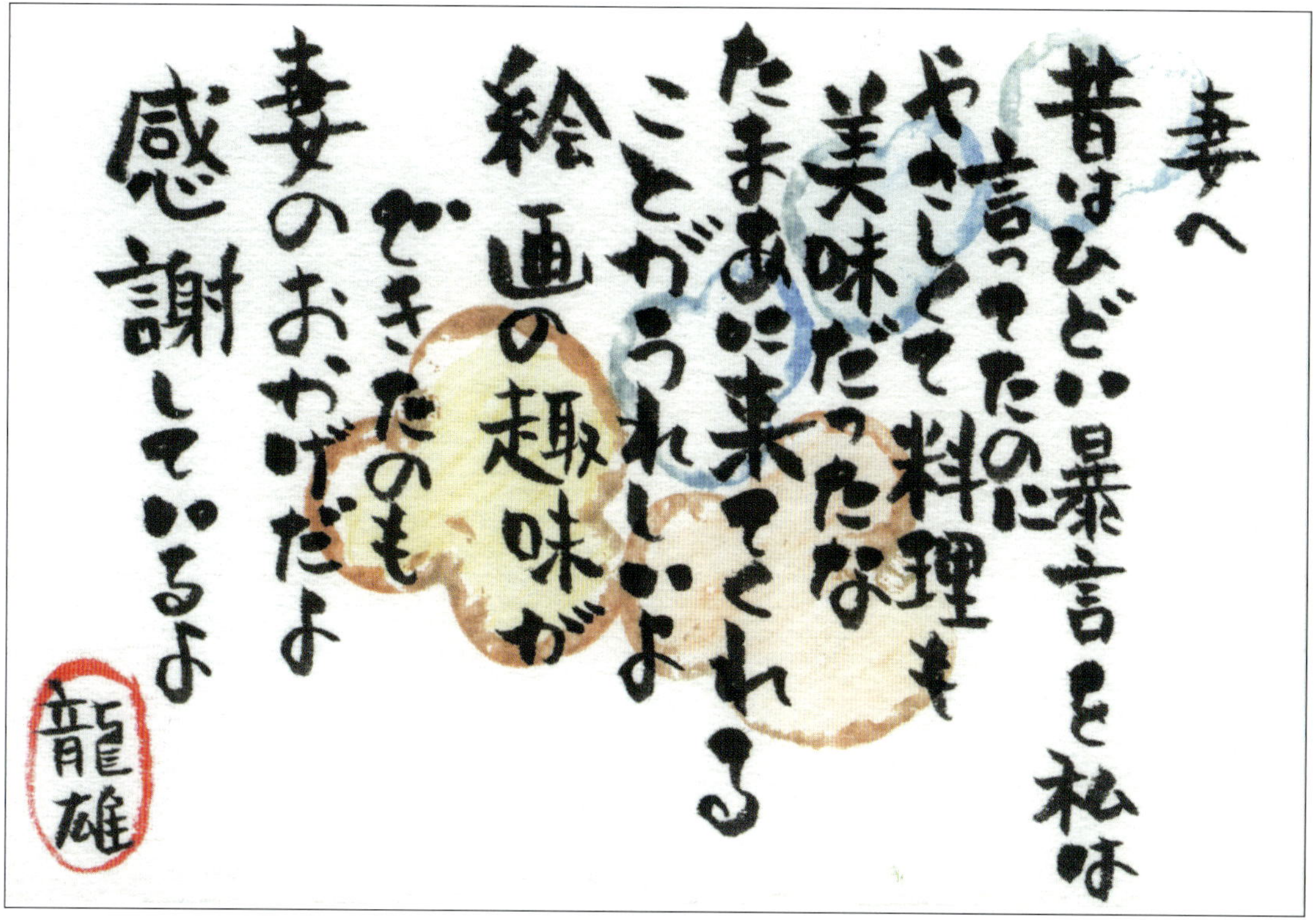
妻へ
昔はひどい暴言を私は
言ってたのに
やさしくて料理も
美味だったな
たまあに来てくれる
ことがうれしいよ
絵画の趣味が
できたのも
妻のおかげだよ
感謝しているよ
龍雄

夫から妻へ

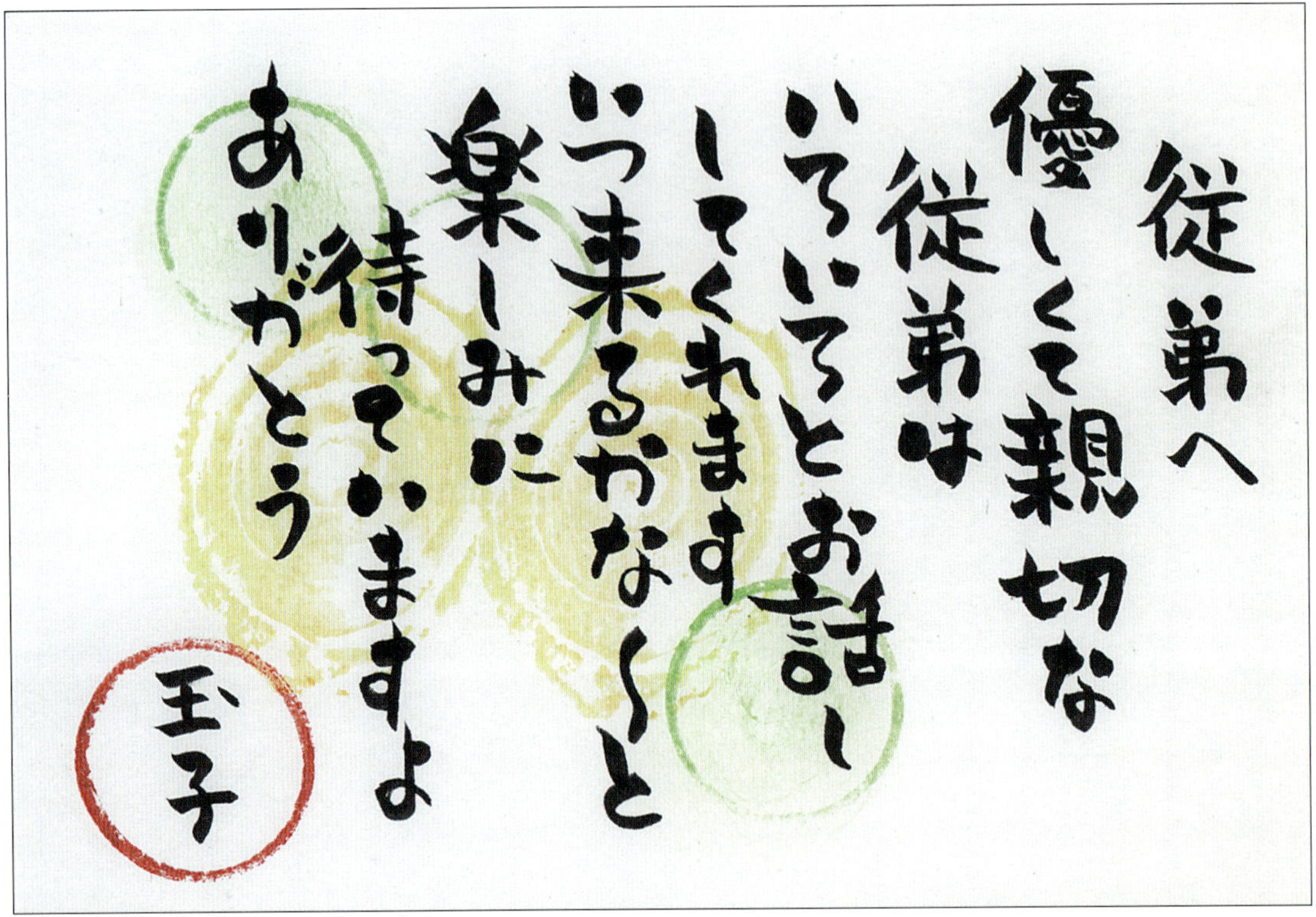
従弟へ
優しくて親切な
従弟は
いろいろとお話し
してくれます
いつ来るかな〜と
楽しみに
待っていますよ
ありがとう
玉子

いとこへ

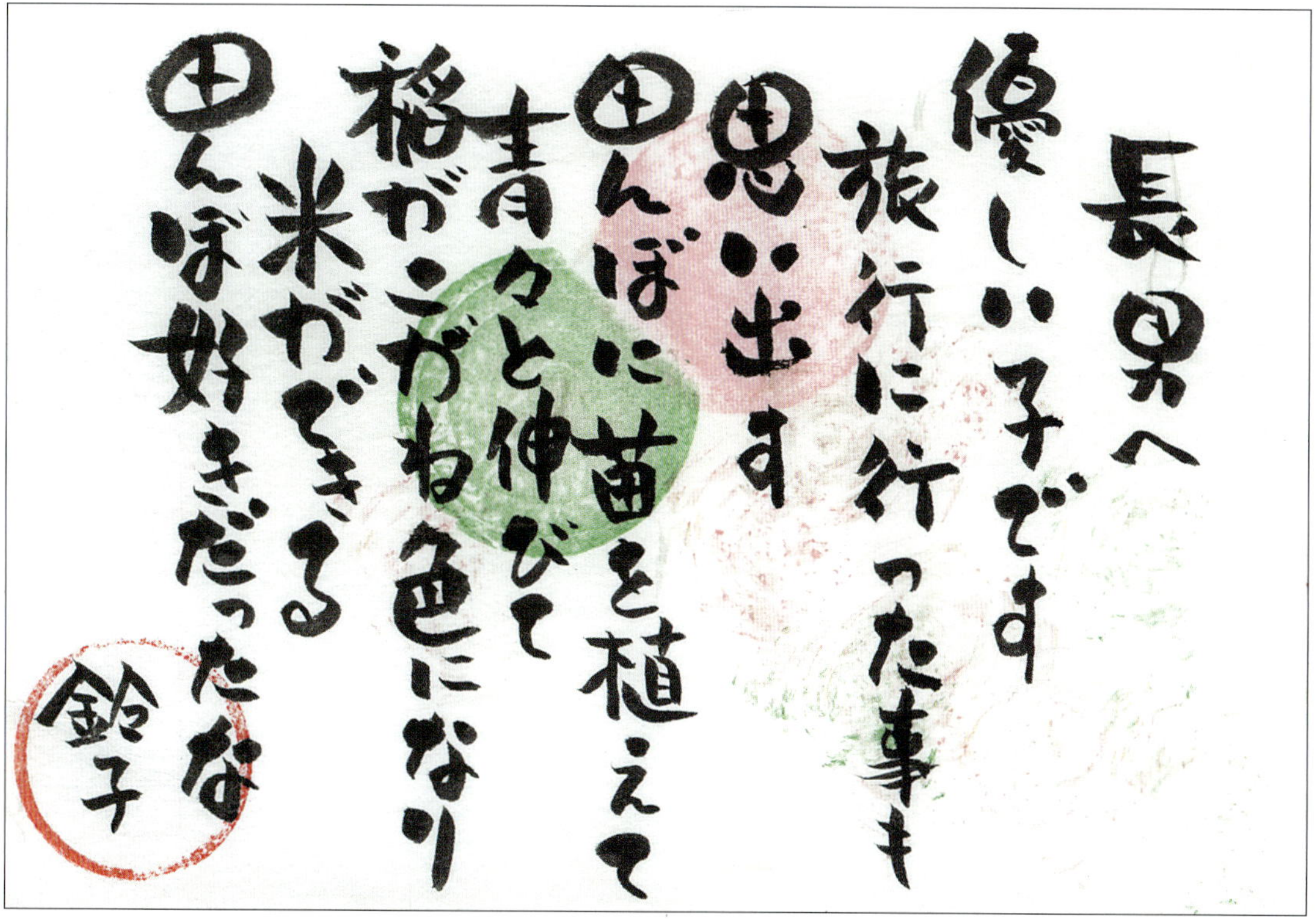
長男へ
優しい子です
旅行に行った事も
思い出す
田んぼに苗を植えて
青々と伸びて
稲がこがね色になり
米ができる
田んぼ好きだったな
鈴子

母から長男へ

2. 心の詩

母を介護していた日々のさまざまな出来事。
障害のある方との心のふれあい。
母の日に寄せてくださったみなさんの声。
一人一人の思いに耳を傾けながら綴りました。

母と鮎を食べに行ったときの一枚（平成14年頃）

フクちゃんと娘の介護の八年間
おおぼけぶったまげーしょん

母の介護を通して起こったさまざまな出来事や事件を、ふたりの会話調で再現しています。

気前がいい

ばば　紙パンツは、いやだわ
私　老人施設でも、みんな履いてない？　大流行だよ
ばば　おまえも、半分もっていけよ

寄贈品

ばば　施設にね、イチロー君のおばあちゃんがいるよ
私　どうしてわかったの
ばば　イスに名前が書いてあるよ、イチローって

この就職難に（ショートステイの前夜）

ばば　もしもし、私ね就職が決まって明日から泊まりで行くのよ
姉　えっ、なんの仕事？
ばば　行ってみないとわからんけど、給料をもらったら、少しあげるわ
姉　楽しみに待ってるね

昼ごはんの匂い

ばば　施設の3階から海が見えるんだわ
私　空の港　空港だよ
ばば　でも、潮風が吹いてるよ
私　なんで、潮風だとわかるの？
ばば　魚の匂いがしたんだわ

数えてるの

私　その話、さっきから15回くらい聞いた
ばば　まだ、13回くらいしか、言ってないよ

どうしても食べたい（思い出の写真を見て）

ばば　ここへは、イルカを食べに行ったね
私　鮎だよ。イルカは、知多のほう
ばば　イルカは、塩焼きで、食べれないのか
私　芸をするだけだよ
ばば　じゃ、さしみか

本音を聞くチャンス

ばば　私は、娘のところにいるんですよ
私　ああ、そうですか。娘さんのところの食事はおいしいですか？
ばば　まあまあだね

ひ孫に会いたい

ばば　樹ちゃんには、もう1年くらい会ってないね
私　樹は、生まれてまだ半年だよ。昨日来たじゃない
ばば　あれが、樹ちゃんか

幼なじみ

ばば　花ちゃんは、元気してるかね。私の2つ上だったけど
私　　それならもう死んだかもね
ばば　なに　死んだか　良い人だったのに…(泣き出す)
私　　わからんよ。長生きして元気かも
ばば　そんなことない。あの人は、58歳で死んだわ

意外な犯人

ばば　入れ歯がなくなった。たぶん犯人はねずみだわ
夫　　こんど入れ歯をしたねずみを見たら、そいつが
　　犯人だね

一枚上手

ばば　財布がなくなった。犯人はだいたいわかってるわ
私　　よっしゃ探そうか（30分汗だく。でも財布は出
　　てこない）
ばば　そんなところには隠さないわ。こっちのタンス
　　の裏を見てみろよ
私　　あった。おばあさんは隠し上手だね

ばば　まだ若い者には、負けんよ

問題外（朝5時に派出所に保護されて）

私　良かったね無事で
ばば　怒られるなら死んだほうがいいわ
私　何を怒られるの？
ばば　仏壇のメロンを持って行ったから

逆戸締り（徘徊がひんぱんなので）

私　おばあさーん、中から開けてみて
ばば　あかないよー
私　そーお、これなら良いね
ばば　もうこれで安心して眠れるわ

どっちが徘徊（夜中3時にセンサーが鳴ったので行くと）

私　あらおばあさんどこへ行くの

ばば　墓参りにね
私　暗いから昼間にしたら
ばば　(時計を見て)　なんでここにいるんだ
私　ちょっと通りかかったらおばあさんがいたんで
　声をかけてみたの
ばば　こんな夜中に出歩いて

外面がいい　(施設の前の車の中で)

ばば　絶対行かないよ　なんで連れてきた
私　わかった　せっかく来たんだから　あいさつだけでもしてきたら
ばば　あいさつもせんと言われるといかんでしてくるわ
係の人　フクさん　おはようございます。今日は送ってきてもらいました。
ばば　おはようございまーす。おはようございまーす
　(私の方を向いて)　はよバッグもってこんかね

言いわけ

私　下着を後ろ前に着てるから、首が苦しいでしょう
ばば　首が暖かくていいのよ。このほうが年寄りにはあうね

着ぶくれ

私　何枚着ているの。８枚だよ、着すぎ
ばば　太ったかと思ったか

名医にでも話せない言いたいこと

医者　痛いところはありませんか
ばば　・・・（無言）
婦長　おばあさん、痛いところなーい？
ばば　ひとつだけ言いたいことがあります
婦長　なーに、言ってみて
ばば　ここでは言えませんよ、家に帰ってから

たとえが通じやすい

医者　ほかに、気になるところは、ありませんか
ばば　うんちが、山羊みたいにポロポロなんです
医者　ひどい便秘ですね。わかりました

ものぐさ

私　電話だよ。たまには出てみて
ばば　もしもし、もしもし、聞こえんわ
私　それは、ヘアーブラシだよ。ちゃんと動いて受
話器をとらないと話せないの
ばば　これでは、通じないのか

選ばれて（ショートステイ）

ばば　私は、難しい試験に合格したから泊まりに行け
れるんだよ。子どもとして喜べよ
私　本当に良かったね。うれしいわ
ばば　ところで、私はどんな試験を受けたか？　忘れたわ
私　血圧とか体温を計ったあれじゃないの
ばば　そうだったか（がっくり）

作業所のみんな「鏡の中から」

近所に障害のある方が集う共同作業所があり、その利用者の方々へボランティアカットをおこなったときの思い出を詩にしました。

U君

U君は　恥ずかしがり屋さん
めちゃめちゃ　恥ずかしいと
口を　少し開けて
しゅーしゅーと　口笛を鳴らす
とぼけても駄目よ　U君
照れているのが　みえみえ　バレバレ
お年ごろだものね
U君のシャンプーは
若いお姉さんでなく
おばさんがやっちゃうぞ
いいかなー

ヤっ君

ヤっ君のありがとうは　いつも　四人分
みんなの　カットが終わるのを
ずっと　気にしてる
今か今かと　チャンスを狙っている
探偵の目
出口　二歩手前で
パッと振り返って　立ち止まり
あ　あ　ありがとう
ヤっ君のありがとうは、四人分
最高のありがとうが言える　ヤっ君
こちらこそ　ありがとう

カツちゃん

てのひらサイズに　折りたたんだ
大学ノートの紙切れは
カツちゃんの　安心の世界
小さなエンピツをお供にして
いつも　ズボンのポケットの中
人に聞いたことは
ぐにゅぐにゅとメモします
そう言えば　スーパーで会った時も

東京までの　旅費を聞いて
ありがとうって言って　メモしていた
美容室で　顔剃りしてねと　言った時
カットの後でね　と言ったら
うんわかった　ありがとうと
ぐにゅぐにゅ　メモしてたね
ごめんね　後ろからちょっぴり
のぞいてしまった　カツちゃんの世界
カツちゃんの　ポケットは
いろんな人の　いろんな言葉が
ぐにゅぐにゅしている
安心のポケットです

たっちゃん

たっちゃんは　はにかみ屋さん
背中に　たっちゃんのありがとうを
言いたげな　しぐさが　感じられる
わかっているわよ　たっちゃん
びしびし　伝わって来るもの
はにかみの　中に近頃
笑顔が　プラスされたね
口元が　微笑んでいるもの
ありがとうと言って　ほっとして

足取り軽く　さよならする　たっちゃん
店の中に　入ったときから
チャンスをねらって　いたんだよね
ほんとうは

母の日に寄せて「ありがとう」

わたしの美容室に来てくださるお客様方に母の日への気持ちを聞かせていただき、みなさんが胸に抱いている感謝の気持ちを詩にまとめました。

お義母さん

ありがとう　ありがとう
ありがとう　お母さんと
呼ばれていたね
介護する私の心が
どれだけ安らいだか
あなたに負けないように
今日もありがとう
ありがとう

美代子

ごめんね、母さん

病のなか作ってくれた笹だんご
こんなのいらないと
投げつけた七歳の私
母の最後の手作りだった
60年過ぎた今でも
悲しい母の顔が……
ごめんね、母さん

育子

偲んでます、お母さん

あなたの人生の
二倍生きています
幼な子を残して
無念だったでしょう
今そう思い、あなたを
偲んでいます

母の詩

いくとせの　いばらの道も　のりこえて
育てし子らの　幸福祈る
太陽を　かげらせては　いけないよ
明るくいつも　ニコニコと

れい子

母さんの味

子どもの頃は
いやだったたいもごはん
今は母さんの
味がなつかしくて
作っていますよ

100歳になっても母さん

いいから
いいから食べなさいと
施設の自分のごはんを
すすめる母
まだまだ
母さんしてます

母さんの慈愛

遠くを見る目は
楽しかった、苦しかった
若き日のことですか
あなたの慈愛
忘れません
おいしい物は
父さんと子どもの分だけ
だったよね

今、わかったよ母さん

毎日夜11時まで
働いていたね
父親になってわかった
親の愛
専門学校で半分遊んでた
自分が情けないよ
花さえ渡せばいいいと
思ってた　母の日
親の愛をかみしめる日にするよ

陽二

おいしかったよ梅干し

梅の花が咲きました
母さんじまんの
まっかな梅干しになる
あの花です

八重子

郡上おどり

娘時代おどっていたのね
去年ゆかたに運動ぐつで
60年ぶりにおどったね
手足もちゃんと動いて
楽しそうだったよ　お母さん
きれいで　輝いていたよ

礼子

おいしかったよ母さん

おふくろの味って
心で味わう
ものなんだね
なつかしい母さんの味
心で思い出しています

塩むすび

貧しいわが家の何よりのごちそうでした
今あなたの孫たちも
塩むすび大好きです
母さんの愛情が
むすばれていたんだね

・「あいせの里」池田泰之さんよりご両親へ

母の日に寄せて

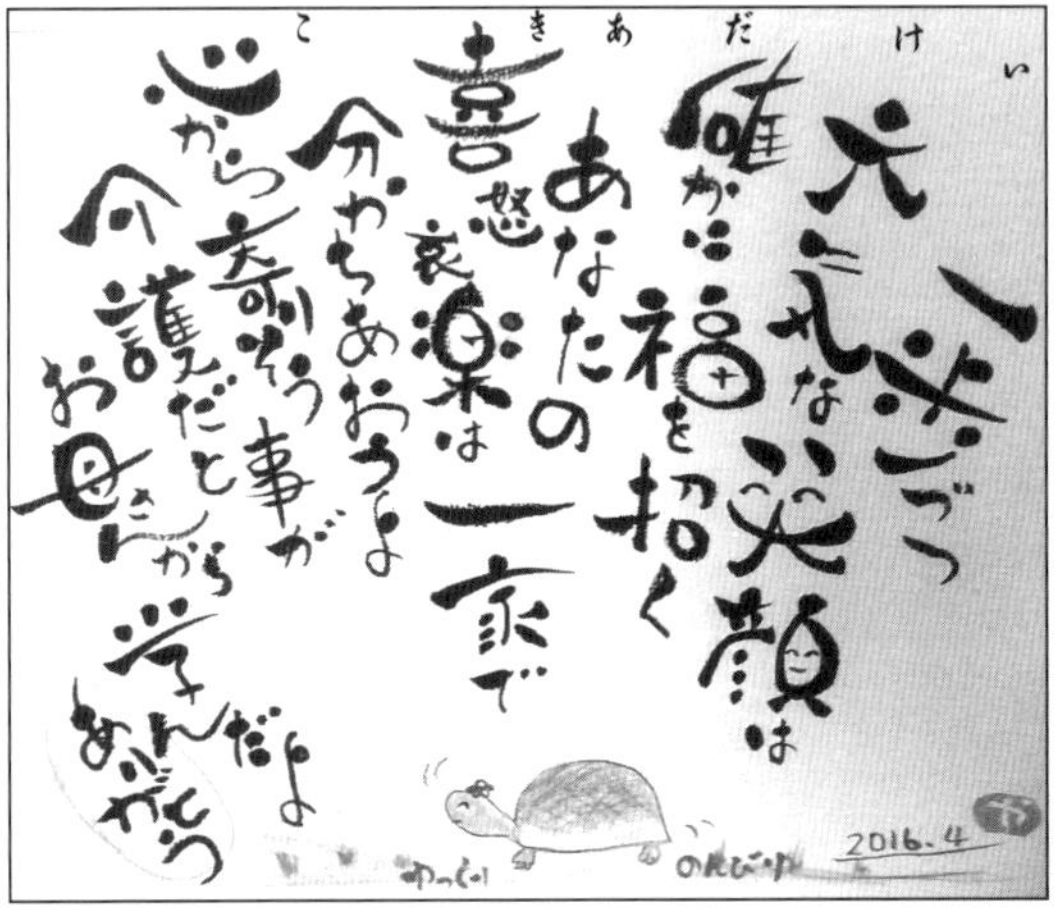

父の日に寄せて

朝

朝という字は十月《とつき》十日《とおか》
お母さんのお腹にいる時間と同じね
つらくても　朝がくると
生まれ変わり　元気になるのね

喜怒哀楽は、いくつになってもあるんだよ
喜楽がいっぱいあると
怒哀は小さくなるよ
家族の力はすごいね
会えた日　顔がニコニコ
ボランティアさんも喜楽を
届けてくれるよ
喜んで、気楽にすごせたらいいね

ひ孫を抱く母

あとがき　――いつかあなたも

花が枯れ、種を残して消え去るように、老いは必ず訪れる。
五体満足で生きてきた日々の終わりが、ある日突然に望まないけれどやってくる。

二十年くらい前、私の家の近くのアパートに、出産で寝たきりになった女性が、十五年くらいの入院生活から帰ってきました。自営業の夫に介護され、ときどき車イスで、私の美容室にカットに来店されていました。少しでも手助けできないかと考えたときに、彼女は電話をかけることができることがわかりました。

窓を開けてほしい、水が飲みたい等々、ささいなことでしたが、お手伝いさせていただきました。私の手が空いていないときは、スタッフが手伝ってくれました。

言語障害があるため、やっと通じるほどの会話でしたが、苦しい胸のうちを少しずつ話されました。家族に迷惑をかけるだけで、なにもできない自分が情けなくなるから、できるなら早く死んでしまいたいけれど、身動きができないので命を絶つこともできない。そう嘆かれたのでした。

そこで私は、寝ていてもできることを考えました。
それは、今日も一日、家族が無事に暮らせますようにと祈ること。
夜になったら、家族が無事に過ごせましたと、感謝すること。
それをしてみたら?と提案しました。
できることが見つかり、彼女の顔に笑みが出るようになりました。

新米の季節には小さな「おにぎり」をいくつか、新茶の季節には一杯のお茶を持っていき、小さな幸せを届けました。そんな日々が続いた一年後くらいに、容体が悪化して、彼女は苦難の人生を終えました。彼女からはたくさんのことを学びました。私の生きる道に必要な時間だったと、ふりかえって今そう思います。

私は三十歳から始まった喘息で、何回も生死をさまよいました。夜中に、緊急で何回医者に走ったことか。家族や、たくさんの人々の手で生かされていることに、感謝する日々でした。けれども、一日も美容室の仕事を休んだことは、ありませんでした。

呼吸ができない苦しい修行をさせられている。きっといつか楽になる日がくるんだと希望を持っていたからです。長男が小学一年生のとき、夜中に苦しむ私の背中に手を当ててさすってくれました。小さな手のぬくもりに、心がやすらぎ、症状が軽くなるのでした。

一つ下の娘も、私に負担をかけないように、小さい頃から料理を自分で作ってくれました。病をもっていても、悪いことだけでなく、子どもの成長にも役立つことも多々ありました。

そんな喘息との三十年の戦いは、六十歳で嘘のように九〇％治りました。自宅が名古屋空港から五〇〇メートルほどの近くにあるのですが、空港が移転して小さな空港になったのと同時でした。ジェットエンジンの排気ガスが原因だったかは、さだかではありませんが、目の前がバラ色に変わったのでした。

人生まっすぐに生きたいのですが、たくさんの寄り道や回り道をしました。もしも障害が訪れても嘆かずに、昨日までの無事だった日々の幸せに感謝するきっかけにしてほしいと願います。つらさが半減すると思います。

たとえ障害があっても、ほかの人を思いやることで、きっと自分も幸せになれるはずです。パラリンピックの選手たちのいきいきとした姿を見ていると、力をいただけますよね。できることを一生懸命に努力されているから、感動を受けるのだと思います。そして、表舞台に出ている選手は一部の人であって、試合に出ていないたくさんの方が、努力されていることにも、目を向けてほしいと思います。

最後に、親について私からのメッセージです。

親の介護はたいへんな苦労がありますよね。でも、親を施設に預かっていただいた方は、もう介護の苦はなくなり、そのおかげで生まれた時間があるはずです。せめて自分の親だけでも面会を増やして、心の安心を届けてほしいと思います。施設は、姥捨て山ではなく、親の住む別宅だと思います。施設を何十年も見てきて、心からそう思います。

私も古希になり介護される側に一歩ずつ近づいてきました。

怒っても、泣いても、一日は一日。平等に与えられた一日を笑って過ごせるようにと、楽しさ探しの日々です。

古希に寄せて
令和元年九月一日

東海林八重子

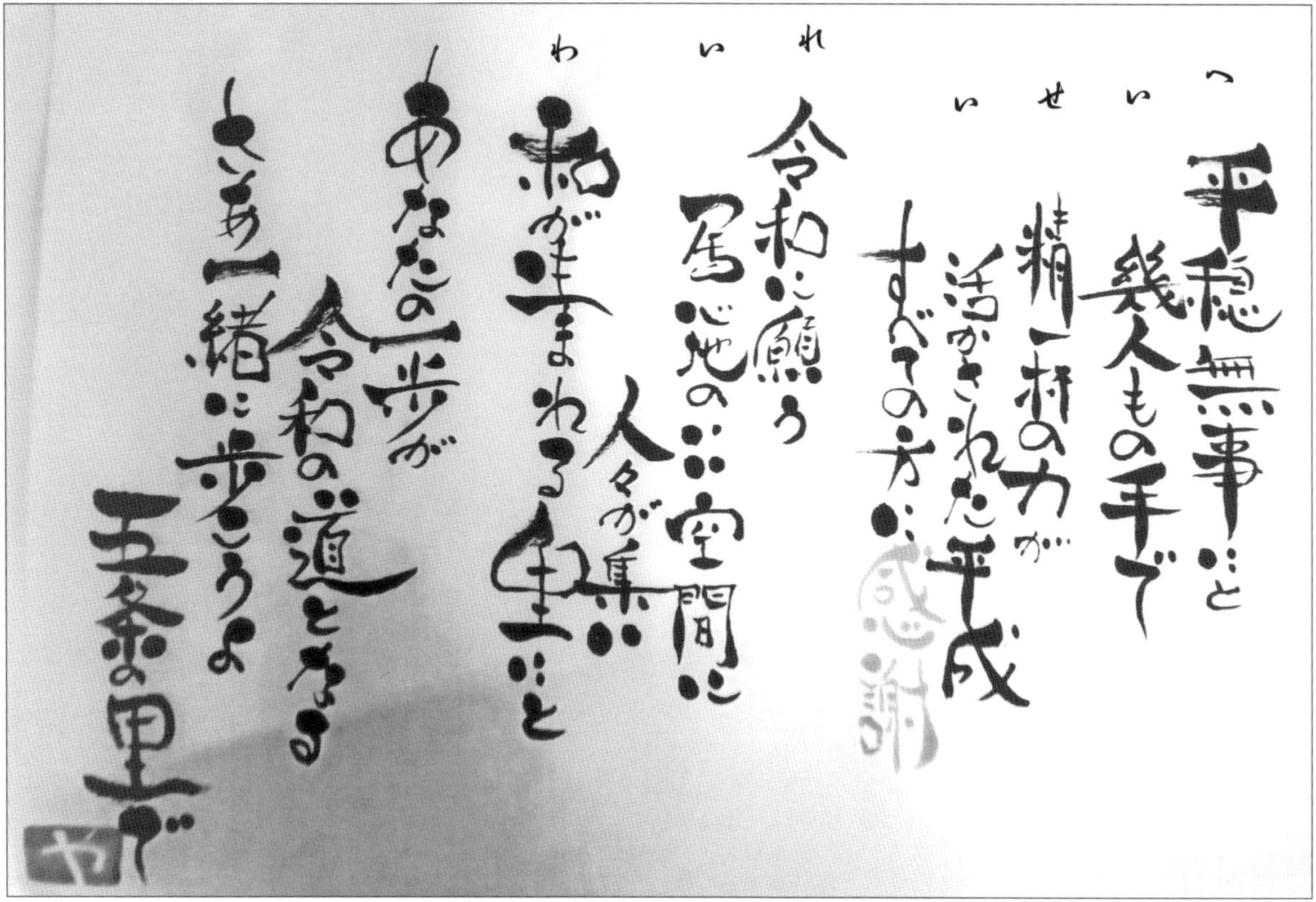
へ
い
せ
い
平穏無事だと
幾人もの手で
精一杯の力が
活かされた平成
すべての方に
感謝
れ
い
わ
令和に願う
居心地の空間に
人々が集い
和が生まれる里だと
あなたの一歩が
令和の道となる
さあ一緒に歩こうよ
五条の里で

東海林八重子（しょうじ　やえこ）

1950年１月17日生まれ

鹿児島県志布志市出身

1972年結婚と同時にメリー美容室を開店

1978年現住所に移転、しょうじ美容室と改名し今に至る

いつかあなたも

私のボランティア・介護手記

2020年1月17日　初版第１刷発行

著　　者	東海林八重子
発 行 者	竹　鼻　均　之
発 行 所	株式会社 みらい 〒500-8137　岐阜市東興町40　第５澤田ビル TEL　058-247-1227㈹　FAX　058-247-1218 http://www.mirai-inc.jp/
印刷・製本	西濃印刷株式会社

ISBN978-4-86015-491-2　C0095